T0268182

Tarántula

Eduardo Halfon
Tarántula

LIBROS DEL ASTEROIDE

Imagen de cubierta: Alamy / Cordon Press
Fotografía del autor: © Ferrante Ferranti

Publicado por Libros del Asteroide S.L.U.
Santaló, 11-13, 3.º 1.ª
08021 Barcelona
España
www.librosdelasteroide.com

ISBN: 978-84-19089-88-5
Depósito legal: B. 6171-2024
Impreso por Kadmos
Impreso en España - Printed in Spain
Diseño de colección: Enric Jardí
Diseño de cubierta: Duró

Este libro ha sido impreso con un papel ahuesado,
neutro y satinado de ochenta gramos, procedente de bosques
correctamente gestionados y con celulosa 100 % libre de cloro,
y ha sido compaginado con la tipografía Sabon en cuerpo 11,5.

El autor quisiera agradecer a Wissenschaftskolleg de Berlín, así como a
The Eccles Centre for American Studies, su generoso apoyo en la escritura
de este libro.

Heredé de mis antepasados las ansias de huir.

ALEJANDRA PIZARNIK

Nos despertaron a gritos.

Estábamos boca arriba en nuestros catres, dentro de la enorme carpa verde. Ninguno de los doce se atrevía a decir algo. Ninguno osaba moverse en su saco de dormir. Volví la cabeza hacia el catre de al lado. En la luz opaca de la madrugada encontré el rostro de mi hermano observándome de vuelta, preguntándome con la mirada qué estaba pasando allá fuera, qué significaban tantos gritos. Le respondí, también con la mirada, que no tenía ni idea. Pero de pronto los gritos se hicieron más fuertes e histéricos. Alguien se estaba acercando a nuestra carpa. Hubo un silencio breve —aunque sobradamente claro para detectar el llanto de uno de los niños en la parte trasera—, antes de que tiraran a un lado la portezuela de lona verde y todo nuestro mundo se inundara de luz.

En el umbral estaba la silueta de Samuel Blum,

nuestro instructor, nuestro amigo y protector incon-
dicional, pero ahora uniformado de negro y con un
garrote en la mano y lanzando alaridos y órdenes que
ningún niño ahí entendía. En su brazo izquierdo,
tardé en notar, caminaba una enorme tarántula.

Yo tenía trece, mi hermano doce. Llevábamos entonces tres años viviendo en Estados Unidos, tras haber
huido del caos político y social que era la Guatemala
de los ochenta. Aunque a mis padres no les gustaba
que yo se lo explicara así a mis nuevos compañeros en
el colegio, que al describirles nuestra partida de Guatemala yo les dijera que habíamos huido. Pero eso fue,
una huida. Eso hicimos. Mis padres habían vendido
precipitadamente no sólo nuestra casa recién construida sino también todo lo que aquella casa tenía dentro —los muebles y las alfombras y los cuadros en las
paredes y los utensilios de la cocina y los carritos y
juguetes que yo guardaba en el armario—, y habíamos
salido huyendo a la Florida al final del verano del 81
con nada más que unas cuantas maletas. Ahora, tres
años después, mis padres habían decidido que mi hermano y yo viajaríamos de vuelta a Guatemala durante
las vacaciones escolares de diciembre para participar
en un campamento de niños judíos.

Nos dijeron que volaríamos mi hermano y yo solos, sin ellos (no recuerdo la razón por la cual mi hermana menor no fue con nosotros, aunque hoy, que ya entiendo bien a qué nos estaban mandando, puedo conjeturar que ella era todavía demasiado niña y demasiado inocente). El campamento, nos dijeron mis padres, se llamaba majané, en hebreo, y estaría situado en medio de un bosque enorme y salvaje a un centenar de kilómetros de la capital. Pasaríamos unos días viviendo en carpas y haciendo fogatas, nos dijeron, unos días aprendiendo no sólo técnicas de sobrevivencia en la naturaleza sino también técnicas de sobrevivencia en la naturaleza para niños judíos. No es lo mismo, nos dijeron.

Pero yo no había querido ir.

Estaba en esa etapa tan ambigua —trece años— en la cual un niño sigue haciendo cosas de niño mientras empieza a hacer sus primeras cosas de adulto. Todavía miraba caricaturas en la televisión una vez por semana, los sábados en la mañana, aunque hacía poco, e igualmente una vez por semana, había empezado a afeitarme el bigote. Y todavía requería que mi madre pasara a dejarme y luego a recogerme frente al cine para ver una película con amigos, aunque antes de salir de casa ya me echaba un poco de colonia y desodorante. Y todavía coleccionaba e intercambiaba estampillas de béisbol, aunque en la misma gaveta

ahora guardaba también unas cuantas revistas pornográficas para auxiliarme con mis primeras y torpes
masturbaciones.

Pero también recuerdo que a esa edad, no sé si por
principio o por pura rebeldía (un poco de ambas,
desde luego), comencé a rechazar las imposiciones de
mis padres. Ahora entiendo que mi rechazo no era a
esas imposiciones, o no directamente, sino a todo lo
que mis padres representaban, a su mundo en general. Para un niño, empezar a deshacer el mundo heredado es uno de los pequeños pasos paulatinos hacia
construir uno propio. Yo rechazaba sus horarios, sus
reglas, sus gustos, sus dietas, sus deportes, sus ideas,
incluso su lenguaje: desde que habíamos llegado a
Estados Unidos, yo me negaba a hablarles en español;
ellos me hablaban en español y yo les respondía en
inglés. Pero mi más grande rechazo, y sin duda el más
escandaloso, fue hacia el judaísmo.

No era un rechazo belicoso, ni vehemente, ni siquiera confrontativo. Al contrario. Intentaba evitar o
esquivar el judaísmo, de cualquier forma. Como una
salida silenciosa de una fiesta, sin decir nada y sin
despedirme de nadie. De pronto ya no quería acom-
pañar a mi padre a sesiones de rezo, y me inventaba
otros compromisos para no acudir los viernes a las
cenas de shabát, y hasta le había regalado a un amigo
cristiano, en secreto, en un gesto más simbólico que

práctico, mi gorrita de seda (kipá, en hebreo) y mi aún casi nuevo manto de oración (talit, en hebreo). Mi madre no decía nada, al parecer confundida. Mi padre, en cambio, me gritaba órdenes. Su manera de imponer el judaísmo siempre fue a gritos. Al descubrirme metido en la cama los sábados en la mañana, me despertaba gritando que era mi deber ir con él a la sinagoga. Cuando notó que yo apenas empezaba a juntarme con algunas chicas de mi edad, me recordó, en una sarta de gritos tan épicos como prematuros e inútiles, que en nuestra familia estaba prohibido tener una novia no judía. Y yo, por supuesto, le obedecía.

Aunque a veces, envalentonado, me animaba a discutir desmañadamente con mis padres sobre el porqué de tantos mandatos y dogmas, sobre por qué tener que seguir sus tradiciones inexplicables. Una de esas disputas, la más recia o la más emotiva o una de las que más recuerdo, sucedió una noche, sentado entre ellos en el sofá de la sala, mirando los tres un episodio de algún programa de televisión que transcurría hacía un siglo en un pueblo no sé si de Kansas o Minnesota; en cualquier caso, un pueblo bucólico y perdido en el medio oeste de Estados Unidos. Durante aquel episodio, los residentes del pueblo se dedicaban a burlarse de un viejo carpintero judío. Un señor con pinta de labriego decía que sólo dejaba entrar al judío en su almacén porque el viejo carpintero era muy bueno haciendo ataúdes, y ahí en su almacén se vendían muchos ataúdes. Unas señoras, al verlo caminando por la calle, gritaban excitadas que había que taparse la nariz y cuidar la cartera, mientras que un grupo de muchachos insistían con absoluta convicción en que el viejo judío, al igual que todo judío, tenía unos cuernos ocultos debajo de su sombrero negro. A mí la idea de que un viejo carpintero tuviera un par de cuernos escondidos debajo de su sombrero tipo bombín me pareció de lo más graciosa, y empecé a reírme. Al volver la mirada hacia mi madre, sin embargo, descubrí que estaba llorando. Y mi padre, juzgándome con rabia, y acaso presumiendo que mi risa también estaba dirigida al viejo carpintero y a todo el pueblo judío, explotó.

Aunque ellos nunca me lo dijeron, estoy seguro de que parte de su razonamiento para enviarnos aquel fin de año a un campamento en las montañas de Guatemala fue no sólo volver a acercarme al judaísmo —a su judaísmo—, sino también volver a acercarme a un país que, tres años después de haberlo abandonado, yo consideraba ya extranjero y ajeno.

Furioso, les respondí que no iría. Que tenía trece años y podía tomar decisiones por cuenta propia. Que no me interesaba viajar a Guatemala, ni acampar con una tropa de niños judíos que no conocía, ni aprender a cantar cancioncitas alrededor de una fogata en un hebreo incomprensible. Tampoco me gustaba la idea de tener que pasar unos días comunicándome sólo en español, un idioma que ya apenas hablaba o que a lo sumo hablaba con un pesado acento estadounidense; aunque esto, claro, no lo dije.

Mi madre guardó silencio, evidentemente turbada, y acaso intuyendo que mi rechazo era más que a un simple campamento. Mi padre, sin embargo, me espetó un solo grito terminante.

Usted irá, y punto.

Al primero que conocimos fue a Samuel Blum.

Estaba de pie al lado de la carretera, en las afueras de un pueblo llamado Santa Apolonia, recibiendo a los niños con un silbato alrededor del cuello y una carpeta en las manos, y a mí de inmediato me pareció uno de los hombres más hermosos que había visto nunca. Era alto y delgado y de facciones muy femeninas: tenía ojos color celeste cielo y una larga melena de rulos rubios que aún parecía una moda de los años setenta (muchos años después lo recordaría al ver en la pantalla al joven Tadzio, de Visconti). Tras él, como escoltas, estaban parados unos soldados o policías o guardias privados, no lo tenía muy claro; todos uniformados de verde y caqui y todos con una enorme escopeta negra colgada del hombro. Yo me quedé mirando una de las escopetas negras y casi logré ver un vaho de humo gris saliendo del cañón y me pregunté a cuántos guerrilleros habría matado esa misma escopeta. Era finales del 84. El país seguía sumido en la violencia e inseguridad del conflicto armado interno, aunque yo ya tenía suficiente edad para entender que esos soldados o policías o guardias privados también estaban ahí porque un sábado en la mañana, meses atrás, el rabino de la comunidad judía había descubierto una bomba en la sinagoga, escondida entre los rollos de la Torá.

Los hermanos Halfon, anunció al vernos. Soy Samuel Blum, dijo, estrechándonos la mano, y habría notado que mi hermano y yo nos pusimos un poco nerviosos porque rápido se arrodilló frente a nosotros y nos preguntó en un susurro si queríamos saber un secreto. Nuestro abuelo polaco estaba cerca; acababa de ir a buscarnos al aeropuerto con su chofer (hacía años, desde un primer infarto, que no conducía), y pronto nos dejaría ahí, en las afueras de Santa Apolonia, en ese terreno baldío al lado de la carretera, a partir del cual el grupo entero haría una caminata de tres o cuatro horas por las montañas del altiplano, con todas las mochilas y los sacos de dormir a cuestas, hasta el sitio retirado y recluido donde estaba el campamento. Pero el secreto de Samuel, entendimos de inmediato, era sólo para nosotros dos. Mi hermano y yo le dijimos que sí y Samuel primero hizo un movimiento con la mano para que nos acercáramos un poco más, luego señaló con su índice hacia abajo, hacia el bolsillo del impermeable verde militar que había abierto ligeramente usando su otra mano. Ahí dentro, en la esquina del bolsillo, descubrimos aterrados, dormía una serpiente pequeña y delgada y toda roja —un rojo llameante, entre escarlata y carmesí— salvo su cabecita negra.

Samuel metió la mano en el bolsillo y, despacio, con cuidado, sacó a la serpiente y la sostuvo enfrente de nosotros para que la miráramos mejor. Era ahora una pequeña bola roja en su palma. Y yo recordé que tenía mi cámara Instamatic en la mochila y me apuré a sacarla y tomé una foto.

Bienvenidos al trópico, nos susurró Samuel, el índice sobre los labios, su mirada de pronto más celeste o tal vez menos celeste. En todo caso, una mirada ya distinta, una mirada enardecida, una mirada que en ese momento yo juzgué juguetona y pícara. Aún no sabía que en unos bellos ojos celestes también cabe lo siniestro.

Era una Kodak Instamatic X-15, con un carrete de película 126. Una cámara cuadrada, elegante, perfectamente simple para un niño, algo bastante novedoso en aquella época. No había que preocuparse por enfocar ni por el tiempo de exposición ni por la luz. Sólo presionar un botón y listo, foto tomada. Me la habían regalado mis padres unas semanas antes de cumplir yo diez años, es decir, unas semanas antes de que saliéramos huyendo de Guatemala, al final del verano del 81, cuando los enfrentamientos entre militares y guerrilleros habían aumentado e irrumpido con furor en la capital.

Recuerdo que lo primero que hice, tras abrir ese regalo de cumpleaños anticipado, fue irme con mi nueva cámara al jardín, a buscar el arenero rojo. Ya no tenía permiso para salir solo a la calle. Afuera, en las calles y avenidas de la ciudad, había ahora toque de queda y patrullas ambulantes y soldados antimotines y escuadrones antisecuestros y policías armados en cada esquina y se escuchaban a todas horas los disparos y estallidos de la guerra. Ahí afuera estaba la guerra. Era algo que hasta los niños sabíamos, aunque no supiéramos por qué.

Yo estaba parado junto a la primera base. Mi hermano era el jardinero derecho (un niño de apellido Arzú acababa de decirle a su madre, antes del partido, que quería comprar a mi hermano y llevárselo con él a su casa, como si mi hermano fuese un juguete). Mi padre nos miraba desde el graderío, exclamando el ocasional aplauso o abucheo, cuando en el cielo apareció un helicóptero militar. Volaba quieto y bajo en el cielo apenas nublado, justo enfrente de nosotros, a una o dos cuadras del diamante de béisbol, con la puerta lateral totalmente abierta y un soldado sentado en el borde sosteniendo una ametralladora que apuntaba hacia abajo. De súbito el soldado empezó a dispararle a alguien (o a algunos) en las casas y las calles del barrio La Villa y el bateador pegó un roletazo a tercera base y el tercera base atrapó la pelota y me la lanzó a tiempo y el partido continuó con el retintín de la ametralladora en el cielo sobre nosotros, como si nada.

Caminé por el jardín hasta llegar al arenero rojo, que en realidad era un inmenso neumático de camión pintado de rojo y lleno de arena blanca y convertido así en nuestro arenero. Entré en el neumático y me saqué de los bolsillos del pantalón un tropel entero de soldaditos de plomo, tal vez ocho o diez soldaditos de plomo. Si bien sus uniformes estaban pintados de los mismos tres colores —verde claro, verde oscuro y marrón—, cada soldado posaba en una posición distinta. Algunos de pie, cargando su fusil. Otros boca abajo, apuntando su fusil. Otros con una rodilla en el suelo, apoyando en el suelo la culata de su fusil. Me puse a ubicarlos y a tomarles fotos sobre la arena blanca y sobre la orilla del neumático rojo hasta que llegué al final del carrete y entré corriendo a la casa y con orgullo se lo entregué a mi madre para que llevara a revelar mis primeras fotos.

Días después, ella irrumpió en mi habitación sosteniendo algo en la mano. Estaba enojada. Me costó entender que su irritación se debía precisamente a esas fotos que tenía estrujadas en la mano y que sacudía y zarandeaba al ritmo de sus gritos, o más bien de su único grito:

Qué desperdicio.

Mi madre, cuando se enfadaba conmigo, solía repetir una sola frase muchas veces, probablemente sin siquiera darse cuenta. Como un martillo dándole golpes a un mismo clavo. No olvido su frase de aquella tarde. Tampoco olvido la sensación de fracaso y perplejidad que el martilleo de esa frase me provocó. ¿Por qué un desperdicio? ¿Desperdicio de qué? ¿De tiempo? ¿De película 126? ¿De una cámara Instamatic? ¿De imaginación?

Ella finalmente se marchó con las fotos aún en su mano. No logré ni verlas. No pude responderle nada

a mi madre. Nunca llegué a explicarle que esas primeras fotos habían sido en realidad la secuencia de una
historia de soldados y guerrilleros enfrentándose en
un arenero rojo, una historia de guerra que me había
imaginado y que quería contar.

Años más tarde caí en la cuenta de que aquella serie
de fotos tuvo, quizás, dos momentos de inspiración.

El primero me lo recordó hace poco mi hermano.
Yo había olvidado por completo un libro que alguien
nos regaló durante nuestros últimos meses en Guatemala; ni mi hermano ni yo recordamos quién, aunque
ambos sospechamos que fue un obsequio de un amigo
golfista de mi padre que vivía en la Florida, un gran
lector y bebedor de vodka y fumador de Camel sin
filtro que nos mimaba y quería como un tío, llamado
Jack (Captain Jack, le decíamos, por la canción de
Billy Joel). El libro era un ejemplar viejo y ya algo
desbaratado de *Little Wars*, de H. G. Wells, en el cual
el autor propone un conjunto de reglas para un juego
de guerra con soldaditos de plomo, similar al famoso
Kriegsspiel alemán creado en 1812 para entrenar al
ejército prusiano. Y pues yo solía seguir las reglas de
Wells y jugar a hacer mis pequeñas guerras de soldaditos.

El segundo momento de inspiración sucedió una noche, no sé si días o semanas antes de tomar aquellas fotos, cuando un dignatario importante visitó la casa vecina a la nuestra, donde vivían la hermana de mi padre y su esposo. Era alguien del gobierno, seguramente un alcalde o un ministro o hasta el presidente mismo (el general Fernando Romeo Lucas García, a quien mis tíos conocían bien). Después de la cena, ya empijamado y listo para dormir, me asomé a la ventana de mi dormitorio y corrí un poco las gruesas cortinas y descubrí que habían soldados merodeando en nuestro jardín. La sirvienta, de pie en el umbral del dormitorio, me estaba insistiendo en que por favor me alejara de la ventana, que ya era hora de acostarme. Yo no entendí su urgencia, ni su tono un tanto agresivo, ni tampoco por qué seguía ella persignándose, pero igual le hice caso. Lancé una mirada más hacia el jardín y lo último que conseguí distinguir en la oscuridad de la noche, antes de volver a cerrar las cortinas, fue una imagen difusa de las siluetas de tres soldados sentados en el borde del neumático, sus botas negras sobre la arena, sus rifles negros colgándoles del hombro, las brasas de sus cigarrillos volando como luciérnagas rojas en la noche.

❉

Pero sí conservo, milagrosamente, un puñado de fotos ya descoloridas que tomé con aquella Kodak Instamatic, viviendo en Estados Unidos. Hay una de mi hermano en su bicicleta nueva. Una de un deslumbrante pelícano de cabeza amarilla que una tarde flotaba herido o perdido en nuestra piscina. Una de mi abuelo polaco en la cama del cuarto de visitas: lleva puesta una playera blanca sin mangas y sostiene un violín de segunda mano que acaba de regalarle mi madre (él apenas se sabía una canción, *A Yiddishe Mame*, que había medio aprendido de joven en Łódź y que siempre le hacía llorar cuando la tocaba); justo en ese instante mi abuelo ha elevado un poco el antebrazo izquierdo, no se entiende si para taparse el rostro de recién despertado o si para mostrarle a la cámara su tatuaje pequeño y verdoso (esos cinco dígitos en su antebrazo izquierdo son su número de teléfono, parece decir mi abuelo aún en la cama, como solía decirnos de niños). Y hay una foto, ya desteñida y algo doblada, de mi padre. Es finales del 83. Mi padre, rodeado de gente, está sentado a la cabecera de la mesa del comedor de nuestra casa, su camisa desabotonada, su sonrisa enorme, mientras una gitana cubierta de lentejuelas de oro y casi desnuda baila frente a él. Yo tengo entonces doce años y mi padre esa noche está cumpliendo cuarenta y alguien, indudablemente alguno de todos esos primos y amigos suyos que también están bailando y aplaudiendo alrededor de la mesa del comedor, ha contratado a la gitana como sorpresa.

Cada vez que veo esa foto me dan ganas de hablarle al que era mi padre aquella noche de finales del 83, hablarle a ese padre sonriente y eufórico y de apenas cuarenta años (diez más joven que yo al escribir estas líneas). Pero no sabría qué decirle. Quizás que nos vienen unos años difíciles, que por favor tenga paciencia conmigo, que tardaré en encontrar mi propio camino. O quizás, aunque pudiera, no le diría nada. Para qué.

Las carpas —fabricadas de lona color verde olivo, pesada y sofocante— parecían militares. Probablemente porque lo habían sido. De hecho, todo en el campamento parecía militar. Los horarios estrictos; la jerarquía entre los niños y también entre los instructores; el uniforme obligatorio (tilboshet, en hebreo) de pantalones de gabardina azul, camiseta blanca tiesa y almidonada, pañuelo blanco con borde celeste amarrado alrededor del cuello (anivá, en hebreo); hasta había una bandera del campamento (déguel, en hebreo) que teníamos que proteger a toda costa, aunque no entendí muy bien de quién o de quiénes. La primera tarde, ya separados en grupos por edades (kvutzot, en hebreo) y alineados en una especie de formación marcial (mifkad, en hebreo), los instructores alzaron esa bandera de fondo blanco y letras azules y nos dijeron con imperiosa seriedad que debíamos defenderla hasta la muerte, y que para ello los niños mayores haríamos una serie de guardias o vigilancias (shmirot, en hebreo) durante toda la noche, en parejas. Y que si algo llegaba a pasarle a la bandera, nos dijeron, el campamento terminaría de inmediato.

Nuestro grupo se llamaba Palmaj. Nos lo explicó Samuel Blum esa primera tarde, sentado en uno de los catres de nuestra carpa, hablándonos con un acento casi caribeño, quizás venezolano o cubano o dominicano, un acento que en definitiva no era guatemalteco. Palmaj, nos explicó con algo de soberbia, había sido el nombre de la unidad de soldados judíos de élite del ejército no oficial, llamado Haganá, durante el Mandato Británico de Palestina, en la década de los cuarenta, antes de la creación del Estado de Israel. Muchos de sus miembros originales, nos explicó, como Isaac Rabin, Yigal Alón y Moshé Dayán, formarían luego el alto mando del ejército y del gobierno israelí.

Ninguno de nosotros comprendió de qué estaba hablando, pero tampoco importaba. Nos gustó nuestro nombre, Palmaj, que sonaba heroico y legendario, y nos gustaba Samuel.

Éramos una docena de niños, todos de doce a catorce años, la mayoría de Guatemala. El más extro-
vertido y charlatán de los guatemaltecos se llamaba
Gabriel Lerner, pero le decían Perico debido a una
sudadera verde neón que jamás se quitaba, y con
quien, años antes de marcharme a Estados Unidos, yo
había jugado en su casa uno de los juegos más violen-
tos y prohibidos y emocionantes de mi infancia. También había en el grupo un trío de mexicanos: un pelirrojo gordito y de piel muy rosada llamado Saúl
Grossman, quien saldría de la carpa todas las noches
para robarse panes y chocolates de la despensa de la
cafetería; un niño introvertido y solitario de apellido
Koslowski a quien recuerdo gateando a cada rato en
el suelo, dedicado casi exclusivamente a la inútil tarea
de buscar y coleccionar tapitas de las botellas de agua
gaseosa; y un tenista federado y según decían muy
bueno llamado Mauricio Levy, quien se pasaría los
días hablando de su novia y persiguiendo a su novia
y besándose con su novia detrás de alguna carpa o de
algún árbol. Había un panameño millonario llamado
Elie Rosenberg, un niño con ojitos de pescado y pelo
grasoso y tan prepotente e insoportable que, una
noche, mientras dormía, metimos su mano derecha
en una cubeta de agua tibia para que se orinara en su
catre. Había un costarricense muy simpático llamado
Benjamín Weiss que caminaba siempre de puntillas y

que era un solo manojo de espasmos y tics verbales (años después me enteré de que sufría del síndrome de Tourette) y que, debido a razones médicas que jamás comprendí, no tenía ombligo, nada, ni siquiera el rastro de uno en su vientre, algo que para mí era como decir que había nacido sin madre. En nuestro grupo había también un nicaragüense medio moreno de apellido Martínez, cuyo primer nombre he olvidado o posiblemente nunca supe, pues todos le decíamos Martínez, y cuyo judaísmo cuestionamos ese primer día, al nomás marcharse Samuel de la carpa. No había judíos nicaragüenses. Tampoco había judíos de apellido Martínez. Él se defendió como pudo de nuestras acusaciones, diciendo que su madre sí era judía (su padre no) y recitando un par de rezos simples en hebreo y hasta ofreciéndonos bajarse los pantalones para comprobarlo. Pero le dijimos que no hacía falta y salimos todos corriendo de la carpa con una pelota de fútbol. Nadie ahí estaba de humor para ver un pene nicaragüense.

Había que derribar al otro. En eso consistía el juego. Ganaba el que lograra hacer al otro volar por los aires y caer más veces al suelo. Lo jugaba con Perico, siempre vestido él con su sudadera verde neón, y siempre en el mismo patio adoquinado en la parte trasera de su casa, que estaba a pocas cuadras de la mía. Yo era el menor de los dos (diez meses menor) y entonces me tocaba montarme en la bicicleta primero. Perico se ubicaba en el centro del patio, armado ya con un viejo palo de escoba en las manos, y yo empezaba a dar vueltas a su alrededor lo más rápido que podía, en el perímetro del patio, mientras él esperaba el momento preciso para insertar el palo de escoba entre los radios de una de las ruedas de la bicicleta y derribarme. Si yo lograba mantener el equilibrio, ganaba un punto; si caía, él ganaba un punto (aunque es probable que esto de los puntos no haya sido así y sólo me lo esté inventado ahora, como para darle a aquel juego un orden más contable, más numérico). Luego cambiábamos de lugar: Perico se montaba en la bicicleta y yo cogía el palo de escoba y me situaba en el centro del patio adoquinado y me disponía a derribarlo. Jugábamos en secreto, claro está, sin contárselo a nadie, pues sabíamos que el nuestro era un juego insensato y peligroso. Hubo raspaduras. Moretones. Algunas lágrimas. Ningún hueso roto.

❄

La primera noche, a las tres en punto de la madrugada, sonó la alarma de mi reloj digital: un Casio aparatoso, de plástico negro. Brinqué del catre y me puse botas y abrigo y busqué mi pequeña linterna y, aún medio dormido, salí de la carpa a la noche oscura y helada.

Cuando por fin llegué al claro en el bosque donde estaba la bandera, noté que había una chica ahí con los brazos cruzados y el ceño fruncido.

Vienes tarde, dijo.

Pero si son las tres, me defendí, mostrándole mi reloj digital.

Son las tres y diez, anunció, y nuestro turno empezó hace diez minutos, sin ti.

Me dio la espalda y se fue a ubicar del otro lado del poste de hierro y no nos volvimos a dirigir la palabra ni la mirada durante la hora que nos tocó hacer guardia juntos, cada uno en un lado opuesto de la bandera.

Se llamaba Regina. Tenía catorce años, el pelo negro azabache, la piel pálida y pecosa, y era más alta que yo.

La tarde siguiente, mientras los doce hacíamos una caminata con Samuel a lo largo de un riachuelo, y posiblemente debido a aquello que él llevaba todo el día diciéndonos y pregonándonos, empecé a entender que las actividades, más que didácticas, eran de adoctrinamiento.

Durante la formación marcial de esa mañana, habíamos tenido que cantar varias canciones de protesta en hebreo, además de aprendernos de memoria el himno del campamento y el himno nacional de Israel, o Hatikva. Ahí mismo, sin romper la formación, nos enseñaron a comprender las órdenes que iban gritándonos también en hebreo: sheket (silencio), ten kavod (el saludo oficial, con la mano derecha al aire y los dedos índice, medio y anular elevados), amod dom (postura firme, pies juntos, manos en los costados), amod noaj (postura relajada, pies separados a la distancia de los hombros, manos detrás de la espalda). Luego nos habían puesto a marchar en fila por el campamento durante más de una hora, al estilo de un escuadrón; si algún instructor se acercaba a nosotros y nos gritaba rimón smol (granada izquierda), teníamos que lanzarnos de inmediato a la derecha y buscar cubierta y protegernos los unos a los otros; y si algún instructor llegaba y nos gritaba rimón yamin (granada derecha), teníamos que hacer lo mismo pero hacia la izquierda. Por la manera de gritar y de reñir a aquellos niños que parecían no acatar las órdenes más que a medias, se empezó a sentir como si alguien de verdad nos hubiera lanzado una granada a punto de estallar.

Todas eran actividades de adoctrinamiento, por supuesto. Aunque yo nunca las llamé así, ni mi análisis de preadolescente podía ser tan elaborado. Pero algo en mi mente todavía ingenua empezó a captar que los juegos y las canciones y las comidas y las charlas y aun las caminatas por el bosque tenían un mismo sentido: inculcar en nosotros no un judaísmo religioso ni un judaísmo ortodoxo ni un judaísmo reformista y ni siquiera un judaísmo laico, cosa que quizás me hubiese esperado; sino que todo el programa del campamento estaba diseñado para fomentar en nosotros el sentirse un judío entre judíos. Como miembros de un club privado. O como habitantes de una sola comunidad. O como ciudadanos obedientes y bien educados de un Estado, en este caso de un Estado sionista en plena diáspora del altiplano guatemalteco.

A media caminata a lo largo del riachuelo, entonces, sin decir nada a nadie y sin haberlo antes pensado, me detuve, di la vuelta y regresé solo al campamento a través del bosque.

Esa tarde, ya en mi catre, Samuel me confrontó bastante enfadado. Pero yo no quise decirle lo que estaba pensando o más bien sintiendo, y me limité a balbucearle alguna mentira sobre mi estómago y lo mal que me habían caído los frijoles y las tortillas y los tamales de chipilín y el atol de elote y toda la demás comida guatemalteca.

❋

Me sorprendió saber que esa noche de nuevo tendría turno de guardia de la bandera, de dos a tres de la madrugada. Un castigo de Samuel, supuse, por mi comportamiento durante la caminata. Pero esta vez me dormí con las botas y el abrigo ya puestos y mi alarma sonó a las dos menos diez y cuando llegué al claro en el bosque, unos minutos temprano, descubrí con extrañeza que ahí estaba nuevamente Regina, sólo que ahora sentada en la grama con las piernas cruzadas, al lado del poste de hierro. Tenía un libro abierto en una mano y su pequeña linterna encendida en la otra.

Nos tocó otra vez juntos, se adelantó a decir, quizás advirtiendo mi sorpresa o mi confusión. Voy a leer un rato mientras tú vigilas, ¿de acuerdo?

Hablaba sin alzar la mirada del libro, como si no quisiera detener su lectura o como si no quisiera ni verme. Pensé en preguntarle qué estaba leyendo. Luego pensé en preguntarle de quién o de quiénes debíamos proteger la bandera. Pero sólo le dije que de acuerdo y estaba por irme a parar del otro lado del poste cuando su voz me detuvo.

¿Vives en Estados Unidos?

Le dije que sí, en el sur de la Florida, desde hacía tres años. Ella guardó silencio unos segundos y yo noté que su índice estaba moviéndose en línea recta sobre la página. De pronto me cegó la luz de su linterna.

Por eso hablas tan mal español, dijo, alumbrándome el rostro.

No le respondí nada y Regina ya no dijo nada y sólo volvió la luz hacia la página de su libro y continuó leyendo en silencio hasta que terminó nuestra hora juntos y cada uno se fue a su catre a dormir.

Por la mañana, mientras los doce desayunábamos en la carpa más grande que servía de cafetería, donde una mujer indígena —en huipil y corte y una guirnalda de tejidos azules en la cabeza— cocinaba todos los desayunos y almuerzos y cenas, Samuel nos descubrió mirando furtivamente un viejo cuaderno que alguno de los niños de mi grupo había conseguido o quizás se había robado la noche anterior. Nunca supe con certeza. Tampoco supe quién. Pero era el tenista federado Mauricio Levy el que ahora lo tenía en sus manos, debajo de la mesa.

En la página abierta había una ilustración de tres soldados con uniformes verdes y cascos verdes sosteniendo a la fuerza a una mujer vestida de rojo y amarillo. Uno de los soldados estaba tapándole la boca con una mano mientras con la otra le sujetaba la nuca. El segundo soldado tenía los brazos de la mujer bien aferrados entre los suyos. Y el tercero, parado atrás de ella, parecía estarle cortando a la fuerza un mechón de cabello con unas tijeras. La mujer tenía los ojos cerrados, el cuello torcido, el rostro en una dolorosa contorsión de desconsuelo. Arriba de la ilustración, en letras minúsculas y redondas, estaba impresa una sola palabra: agarrada. Y abajo de la ilustración, la misma palabra pero ahora partida en sílabas: a-ga-rra-da. En el resto de la página había una serie intercalada de líneas sólidas y líneas de puntos.

Estábamos todos amontonados alrededor de Mauricio Levy, muy concentrados mirando y comentando en susurros la extraña ilustración, intentando comprenderla. Y ninguno se dio cuenta de que Samuel había entrado a la carpa y se había acercado a nuestra mesa hasta que ya lo teníamos casi encima de nosotros, arrebatándole el cuaderno al tenista mexicano y exigiendo saber de quién era y dónde lo habíamos conseguido. Nos quedamos callados, nada más mirando a Samuel, quien sostenía el cuaderno abierto ante nosotros como si fuese un profesor impartiendo una cátedra en un aula, y nos lanzaba acusaciones y alaridos mientras mostraba en alto otra ilustración.

Ahora un hombre estaba de rodillas enfrente de un

escritorio pintado de rojo, en cuya superficie había un cuchillo, un pequeño radio portátil, un látigo enrollado y una hoja de papel. El hombre, vestido con lo que probablemente era una sotana de cura, tenía una soga en el cuello y los ojos vendados y las manos atadas detrás de la espalda. También tenía cadenas y grilletes en los pies. Sentado en una silla del otro lado del escritorio rojo, un soldado que parecía un oficial lo señalaba con el índice o con una pistola, no me quedó muy claro. De pie alrededor del hombre vestido de cura, varios soldados con uniformes negros y boinas rojas lo vigilaban y encañonaban con sus escopetas. Arriba de la ilustración, de nuevo en letras minúsculas y redondas, había una sola palabra: interrogatorio. Abajo de la ilustración, esa palabra de nuevo partida en sílabas: in-te-rro-ga-to-rio. Y en el resto de la página, la misma serie de líneas sólidas y líneas en puntos.

Ninguno de nosotros decía nada. Sabíamos que era un cuaderno ilícito, incluso ilegal, pero no sabíamos exactamente por qué.

Samuel entonces sólo soltó un suspiro de frustración y dobló el cuaderno en dos y lo guardó en la bolsa trasera de su pantalón y nos dijo que fuéramos rápido a empacar una mochila liviana, que haríamos una excursión del día entero por la montaña. Luego sonrió un poco y su mirada otra vez se tornó más celeste o quizás menos celeste y yo me imaginé a la serpiente roja deslizándose lentamente adentro de su impermeable. Hoy, nos dijo, aprenderán a sobrevivir en la naturaleza.

❊

Salimos del campamento a media mañana y empezamos a caminar montaña arriba sobre un sendero tupido de follaje. Yo llevaba mi mochila a cuestas, y también, por si acaso, mi cámara Instamatic metida en el bolsillo del abrigo. La caminata fue bastante más dura y empinada de lo que habíamos anticipado, y aunque la mayoría de nosotros la toleramos bien (Martínez era, como siempre en actividades físicas, el más apto), Saúl, el mexicano pelirrojo y gordito y de piel rosada, no paró de quejarse las dos horas enteras, jadeando y escupiendo mientras caminaba diez o veinte pasos detrás del grupo. Cuando finalmente llegamos a un terreno más plano que era una especie de llanura o pradera, Saúl cayó de rodillas y vomitó todo su desayuno sobre la tierra.

Pasamos el resto del día aprendiendo de Samuel distintas técnicas de sobrevivencia. Nos enseñó cómo hacer un refugio de ramas y hojas y techo de corteza de cedro, en caso de tener que dormir a la intemperie. Nos enseñó cómo construir una fogata en forma de pirámide en un lugar seguro —nunca cerca de un árbol, nos dijo, y siempre dentro de un círculo de piedras—, cómo fabricar una antorcha sueca de un tronco de pino, cómo hacer fuego de dos maneras: usando la lente de unas gafas o el fondo de una botella de vidrio y los rayos del sol, y también usando nada más que la fricción entre un palo y una roca (Martínez fue el único que lo logró). Nos enseñó cómo secar nuestros calcetines mojados y el interior de nuestras botas metiéndoles cuatro o cinco piedras hervidas. Nos enseñó cómo y dónde encontrar agua y también cómo volverla potable, primero pasándola a través de un filtro hecho de musgo, corteza de árbol, arena fina, piedrín y trozos de carbón, y luego hirviéndola. Nos enseñó cómo producir cuerda de las raíces de un conífero, cómo crear un anzuelo para pescar usando la anilla de una lata de aluminio (mi hermano, tan hábil para ese tipo de manualidades, hizo un anzuelo perfecto). Nos enseñó primeros auxilios: cómo tratar una cortada y una quemadura y también cómo construir una camilla de palos y ramas, en la cual tuvimos que transportar de vuelta al campamento al gordito Saúl al final de la tarde, montaña abajo, turnándonos los demás en las cuatro esquinas.

Fue evidente para todos que Samuel era un especialista en técnicas de sobrevivencia. Pero ninguno tuvo la sensatez de preguntarle por qué ni dónde había aprendido tanto.

⁂

Al volver de la caminata, agotado y mugriento, le pedí permiso a Samuel para ir a lavarme un poco al riachuelo, a pesar de que era casi de noche. Y Samuel, a regañadientes, me dijo que lo hiciera deprisa, que estaban ya por llamarnos a la cena.

Salí de la carpa y empecé a atravesar el claro en el bosque. Pasé al lado de la bandera y luego al lado de una pequeña fogata y luego al lado de un círculo de personas sentadas en el césped alrededor de un guitarrista que cantaba una canción en hebreo: sus ojos cerrados, su voz grave y ronca, su barbilla levemente elevada, en su rostro una mueca rígida y dolorosa. Seguí avanzando y pronto llegué a la apertura entre los árboles donde arrancaba el sendero estrecho que descendía hacia el agua, y me alejé rápido del campamento. El sonido de la guitarra se fue apagando poco a poco a mis espaldas hasta desaparecer del todo, y se me ocurrió que en un bosque lleno y frondoso no había suficiente espacio para tantas notas musicales. Y aún caminando deprisa en el silencio y la sensación de soledad que ahora reinaba entre los árboles, me percaté de que había dejado en la carpa mi abrigo y también mi linterna de mano. Pero me ayudaba el resplandor de la luna, una luna llena o casi llena y de color ceniciento y como hecha toda de papel maché. Además, ya conocía bien el camino, con o sin luz. Continué andando sobre el sendero y estaba por llegar a la orilla del riachuelo cuando escuché unos ruidos y chapoteos a mi izquierda. Volví la mirada y descubrí que ahí abajo, en el centro de un pequeño embalse, había una mujer desnuda.

Me quedé quieto, como encandilado, sólo mirándola acostada sobre esa sábana oscura y lisa que era el embalse al final de la tarde. Temí haber sido descubierto. Pero rápidamente entendí que ella no había escuchado mis pisadas en el follaje porque tenía la cabeza metida en el agua, cubriéndole las orejas; y tampoco me había visto bajando por el sendero puesto que yo no llevaba conmigo luz alguna. En silencio, apuré a agacharme y esconderme detrás de una variedad de palmera con hojas grandes y anchas y en forma de abanico.

La mujer estaba boca arriba en la penumbra del ocaso, medio flotando en el agua poco profunda, medio acostada sobre las piedras del cauce. En la superficie, sus pechos firmes y redondos parecían dos piedras más.

Desde mi escondite, a unos quince o veinte metros de distancia, no lograba distinguir bien su rostro.

Pero tampoco me importaba. Me sentía encendido, excitado, no sé si más a causa de ese cuerpo pálido y maduro o del hecho de estar mirando una imagen prohibida. Al igual que siempre ante una mujer desnuda (hasta entonces sólo en las revistas pornográficas guardadas en una gaveta), percibí un cosquilleo alrededor de la boca. Mis manos temblaban, pero no tanto por el frío. Pasaron unos segundos o unos minutos y yo seguía agachado detrás de las hojas de la palmera, sin moverme, sin ni siquiera atreverme a parpadear: temía que al abrir de nuevo los ojos la mujer ya no estuviese ahí, boca arriba y hechizante y emergiendo como una enorme flor blanca desde el agua negra y poco profunda. Creí escucharla susurrando algo en la semioscuridad. No palabras, o no palabras en español, o no palabras inteligibles, o no palabras pronunciadas para que alguien más las escuchara ni entendiera. Pero de súbito ella volvió a guardar silencio y se puso de pie y, todavía mojada, empezó a caminar despacio hacia donde había dejado su blusa y su pantalón y su ropa interior y sus botas y sus anillos y pulseras, todo precisamente alineado sobre la tierra, en la orilla del riachuelo. Recuerdo el movimiento de sus pechos, la areola color canela de sus pezones, el fulgor del diamante negro y perfecto que era su pubis entre las sombras del ocaso. Recuerdo que ella se secó el rostro con una pequeña toalla blanca y se secó los hombros y se secó los pechos y después se metió la toalla blanca entre los muslos y la toalla blanca de pronto dejó de ser tan blanca. Por su pierna pálida y larga bajaba un hilo oscuro de sangre.

Esa noche, durante la cena, una de las instructoras pidió silencio en la cafetería, y yo, mirando su pelo castaño aún humedecido, pensé que quizás era a ella a quien había visto desnuda en el riachuelo. Imposible saberlo con seguridad. La instructora luego se subió sobre una mesa e informó los turnos de guardia de la bandera y yo susurré alguna injuria cuando volví a escuchar mi nombre y el de Regina para las tres de la madrugada. Uno de los niños guatemaltecos, sentado justo delante de mí, empezó a reírse. Era Gabriel Lerner. Yo me puse furioso y probablemente también sonrojado y estaba ya por decirle algo cuando él, mirándome pero hablando de mí en tercera persona, le preguntó a la mesa entera si Eduardo era lento o tonto o si se hacía el tonto. La mesa entera empezó a reírse (salvo mi hermano, por supuesto, que estaba a punto de ponerse de pie para defenderme). Personalmente, creo que sólo se hace el tonto, remató Perico, y yo no sabía si lanzarle un puñetazo o un plato de comida para manchar su preciada y espantosa sudadera verde, pero no hubo necesidad de lanzarle nada. Sonriéndome con malicia, él anunció recio: Nuestro gringo aún no entiende que Regina ha estado solicitando hacer guardia con él todas las noches.

Esta vez yo llegué primero.

No había logrado dormir a causa de la emoción, o de los nervios. A las dos y media de la madrugada, entonces, ya desesperado, salí de la carpa rumbo al claro en el bosque.

Era aún temprano. Dos chicos mayores no habían terminado el turno de guardia anterior. Yo no supe qué decirles ni qué hacer y sólo me fui a esperar sentado en la grama, junto al poste de la bandera. Los dos chicos mayores caminaban de ida y vuelta delante de mí, observándome con extrañeza. Demasiado serios, ni siquiera hablaban entre ellos. Alcé la mirada y noté que la luna llena o casi llena todavía estaba en lo alto del cielo, tiñendo la noche de ocres. No había movimiento alguno en el campamento ni ruido alguno en el bosque. Y ahí seguía sentado, ansioso y con las piernas cruzadas y las manos metidas en los bolsillos de mi abrigo y ya temblándome un poco (en un puño tenía la cámara Instamatic, en el otro un papel doblado y redoblado en dos), cuando por fin, a las tres en punto, vi la luz de la linterna de Regina acercándose y oscilando en la noche despejada.

No me saludó. No dijo nada. Sólo se sentó a mi lado, abrió su libro y una vez más se puso a leer.

Yo había escrito una lista de posibles preguntas que quería hacerle —sobre ese libro que siempre traía en la mano, sobre su familia, sobre su colegio y sus amigas y sus pasatiempos favoritos—, y la tenía bien agarrada en el bolsillo. Innecesariamente, claro está, pues de tanto pensarlas y redactarlas y practicarlas ya me las sabía de memoria. Aunque ahora no encontraba el valor para hacerle ninguna en mi mal español. Me fui poniendo más ansioso y desalentado hasta que de pronto, no supe si con intención o por accidente, sentí que su rodilla se acercó a la mía. Y entonces se esfumaron todos mis nervios y también se esfumaron todas las preguntas y yo percibí cómo el calor empezaba a recorrer mi cuerpo (porque cualquier roce prohibido a esa edad es lo mismo que sexo), y ya nos quedamos así, absolutamente quietos y con nuestras rodillas apenas tocándose mientras Regina leía en la oscuridad y yo deseaba que la hora juntos no terminara nunca. Pero esa hora rápido terminó.

Regina se puso de pie de un brinco y estaba ya por marcharse de regreso a su carpa cuando yo, a balbuceos, y también apurándome por ponerme de pie, logré finalmente decirle que sabía que ella había estado solicitando hacer guardia conmigo, y que a mí también me gustaba mucho pasar esa hora con ella.

Hubo un silencio largo, o que a mí me pareció largo, o tan largo como para permitir que su mirada se tornara aún más negra y su rostro aún más pálido.

No sé de qué hablas, y se la tragó la noche.

Una tarántula.

Eso tenía Samuel en su brazo izquierdo, cuando nos despertó a gritos en la madrugada. O eso creí, inicialmente. Recuerdo con claridad no sólo ver una enorme tarántula en su brazo izquierdo, sino verla caminando, verla moviéndose despacio y sigilosa hacia mí. Se me ocurren ahora, sin embargo, algunas posibles explicaciones de mi error. Primera: yo había pasado una muy mala noche al volver a mi catre, tras el desplante de Regina, y seguía medio dormido (no escucharía hasta mucho después la música de cuerdas que sonaba a lo lejos). Segunda: aún no me había adaptado al fogonazo de luz que entró por la portezuela de la carpa, y cuando mis ojos por fin recuperaron la vista, no la recuperaron del todo. Tercera: un espejismo puede sucederle a cualquiera, más todavía a un

niño de trece años. Cuarta: me pareció de lo más nor-
mal que alguien que andaba por la vida con una pequeña serpiente roja en el bolsillo de su impermeable
tuviese también una tarántula negra caminándole por
el cuerpo. Quinta: la última cosa que yo esperaba ver
aquella mañana, sobre un brazalete rojo atado alrededor del bíceps izquierdo de Samuel Blum, era una
esvástica.

Casi no llego a París.

Estábamos a punto de abordar el avión en Berlín cuando la encargada del vuelo nos anunció que el aeropuerto se cerraba a causa de los vientos huracanados. Yo volví la mirada hacia fuera por un gran ventanal. ¿Vientos huracanados? ¿Qué vientos huracanados? Entre los pasajeros empezaron a circular rumores de que el aeropuerto, fuese por esos vientos misteriosos o por un complot capitalista, no volvería a abrir hasta el día siguiente. Algunos se marcharon enfadados. Otros modificaron su boleto. Yo me fui a sentar en una butaca, resignado y nervioso porque no llegaría a mi conversatorio de esa noche en la Fundación Cartier, con la fotógrafa mexicana Graciela Iturbide. Pero tras una espera de casi tres horas, nos informaron que los vientos habían menguado un poco o por lo menos habían dejado de ser tan huracanados y las autoridades del aeropuerto habían decidido reanudar las operaciones de despegue y aterrizaje de vuelos, y nos subieron a todos al avión. Cuando finalmente llegamos a París, apenas una hora antes de que mi evento iniciara, una representante de la aerolínea bastante joven y confundida nos anunció en mal inglés que no había llegado ni una sola maleta, y yo, apurándome ya hacia la salida del aeropuerto con sólo mi bolsón de cuero colgado en el hombro, me imaginé un gigantesco y hermoso torbellino llevándoselas a todas por el grisáceo cielo berlinés.

Un taxista de origen argelino, más platicador que amable, entendió mi ansiedad y condujo como un maniático por la autopista y luego por las callejuelas estrechas de París hasta dejarme frente a la entrada de la Fundación Cartier, medio mareado, algo desarreglado, pero a tiempo.

Afuera en la acera estaban Graciela Iturbide y mi amigo Alexis Fabry, el moderador del evento y también el curador de la exposición retrospectiva de Graciela que esa noche inauguraríamos. Me sorprendió verlos ahí, a la intemperie, hasta que descubrí que Graciela tenía un cigarrillo en la mano. Saludé a Alexis con un abrazo y le dije a Graciela que encantado de conocerla. Luego me disculpé con ambos, relatándoles la historia de mi atraso y también explicándoles mi vestuario casual y arrugado. Ella sonrió y, captando perfectamente mi estado de ánimo, me extendió el paquete blanco y dorado de Marlboro y me ofreció un cigarrillo y el humo dulzón de inmediato me hizo sentirme mejor, a la vez más despierto y más sosegado. Pero si te ves muy elegante, Eduardo, me dijo Graciela, sosteniendo mi mano entre las suyas de la misma manera que antaño lo había hecho mi abuela egipcia, como si las dos, Graciela y mi abuela, quisieran cuidarme o protegerme de algo con sólo sus manos. Fumamos unos instantes más en un silencio agradable y sereno antes de que Alexis nos dijera que ya era hora de entrar.

El salón estaba repleto. Había personas en todos los asientos y sentadas en el suelo de los pasillos y hasta de pie en la parte trasera, apoyadas contra la pared. Nosotros tres subimos al escenario y nos sentamos en unos sillones de cuero negro. Después de unas palabras introductorias, Alexis nos fue haciendo preguntas a Graciela y a mí sobre nuestros procesos creativos, sobre la importancia de la sorpresa en el arte, sobre la relación entre las imágenes y las historias, sobre la memoria y el duelo y el dolor. La conversación con Graciela fue amena, fluida, por momentos muy emocional. Ella habló de la muerte de su maestro, el fotógrafo Manuel Álvarez Bravo, y de la muerte de su hija cuando tenía siete años; yo hablé de la muerte lenta de mi abuelo polaco mientras deliraba y alucinaba en su cama (creía que otra vez era prisionero en Auschwitz, que había una tropa de soldados de las SS ahí en su cuarto esperando para llevárselo en la madrugada al temido muro negro del Bloque 11 de Auschwitz, a fusilarlo), y de la muerte del niño Salomón, el hermano mayor de mi padre (una actriz leyó en francés ese fragmento de uno de mis libros). Después de una hora, Alexis abrió la charla al público, un público formado por una sucesión infinita de rostros anónimos que yo apenas había distinguido a causa de los focos y proyectores que me iluminaban de frente. Un señor pidió el micrófono y le preguntó a Graciela sobre las nuevas fotografías de piedras que había hecho expresamente para esa muestra. Una chica, de pie en el fondo del salón, me preguntó en francés sobre el cuento que había escrito para el catálogo, y que concluía, en efecto, con la muerte prematura y misteriosa del niño Salomón. Otra chica le preguntó a Graciela por su famosa imagen de la señora de las iguanas. Alexis luego anunció que sólo teníamos tiempo para una pregunta más y una mujer se puso de pie en la primera fila y pidió el micrófono y me preguntó nerviosa y en balbuceos por la relación que mantenía yo con Guatemala y con el judaísmo, y antes de responderle —una respuesta que ya me sé de memoria—, guardé silencio unos segundos y me

llevé una mano a la frente para bloquear la intensa
luz blanca.

¿Regina?

Me desperté demasiado temprano pese al cansancio y
a las pocas horas de sueño y permanecí tumbado
boca arriba en la cama, dándole oportunidad al
mundo parisino para que también se despertara. La
luz apenas empezaba a ser luz. La habitación, esquinada, tenía la forma de un cuadrángulo irregular. El
colchón de la cama era algo corto y mis pies desnudos
colgaban de la orilla, más allá de una ligera sábana
blanca. Me quedé mirando mis pies durante largo
rato, inmóvil, concentrado —mientras con una mano
buscaba y sentía o creía sentir el bulto en mi vientre—, y seguía mirando mis pies cuando de pronto
imaginé claramente una pequeña etiqueta beige ama-
rrada al dedo gordo derecho. Mis pies eran ahora los
pies de un muerto. Mis pies eran mis pies en la morgue y mis ojos eran los ojos de mi hijo mirando los
pies de su padre. Yo estaba muerto y acostado boca
arriba sobre una mesa metálica de la morgue y cubierto con una sábana blanca, salvo mis pies, esos
mismos pies que ahora surgían del otro extremo de
esta otra sábana blanca y que colgaban de la orilla. Y

mi hijo entraba a la morgue y caminaba hacia la mesa metálica cuya superficie estaba a su misma altura y miraba la pequeña etiqueta beige y luego miraba los pies pálidos y destapados que colgaban de la orilla y en esos pies muertos reconocía a su padre.

Salí de la cama de un salto, como sacudiéndome de encima no sólo la sábana blanca sino las imágenes y los pensamientos.

Me duché despacio, con el viscoso letargo del desvelo, y aún desnudo me puse a caminar un poco por la habitación, medio indeciso, dejando huellas y manchitas oscuras de agua sobre una vieja alfombra color terracota. Finalmente me vestí con la misma ropa de la noche anterior y, colgándome del hombro mi bolsón de cuero lleno de papeles y libros y lápices y hasta un talismán negro y prehistórico (porque todo acto literario, decía un amigo tartamudo, necesita también un talismán), salí de la pequeña habitación en el tercer piso y también del pequeño hotel en Place de l'Odéon.

El aire de febrero estaba quieto, impalpable. Las nubes eran una sola cúpula gris y pesada y yo hice la misma caminata hacia el mismo café, ubicado en una calle sombría y poco transitada frente al Jardín de Luxemburgo, y en cuyo interior el tiempo parece no transcurrir. Nunca he sabido, ni tampoco me ha importado, su nombre. Es demasiado ruidoso. Las sillas de madera son duras e incómodas. Huele a naftalina. El café es bueno, sin ser excelente. Los croissants y baguettes seguramente están hechos en una panadería industrial. Pero cuando estoy en París me gusta hospedarme en el mismo hotel, si puedo, y salir temprano de la misma habitación esquinada e irregular en el tercer piso, si está disponible, a desayunar un croissant en ese mismo café y luego quedarme ahí sentado unas horas tomando varios expresos mientras leo un poco o escribo a mano. Yo jamás escribo a mano, y jamás escribo en un café. Pero una vez, años atrás, durante un viaje relámpago a París, escribí en ese pequeño café, a mano y de un tirón y en una serie de servilletas de papel que fui llenando y tachando como un desquiciado, una escena cardinal sobre la muerte del niño Salomón. Y desde entonces, cuando estoy en París, me gusta repetir todas las mañanas la misma rutina, no sé si por superstición, o por agradecimiento con el viejo de pelo blanco y barba de cosaco que siempre está detrás de la barra y me atiende sin entusiasmo alguno, o acaso por la esperanza, hasta ahora incumplida, de que aquel arrebato literario y mágico también se vuelva a repetir.

Y ya sentado en la misma silla, junto a la ventana por la cual se mira el cerco de barrotes negros del Jardín de Luxemburgo, y con un croissant mediocre y un expreso aún tibio sobre la mesa, vi entrar a Regina.

✳

No sé cómo la había reconocido la noche anterior, después de tantos años, y con mi vista cada vez más miope, y escasamente vislumbrando su rostro en la oscuridad, entre el público. Ella empezó a hacerme su pregunta sobre la relación que mantengo con Guatemala y con el judaísmo y yo de inmediato supe, por su acento, que era guatemalteca; y también supe, por el tono de sus palabras o más bien por la textura de sus palabras, que era judía (este reconocimiento entre judíos es algo inefable, pero tan evidente entre judíos como difícil de explicárselo a alguien que no lo es). Luego logré ver su rostro en la penumbra, detrás de la luz de los reflectores. Un vistazo momentáneo y desenfocado, como algo visto a través de la lluvia. Y aunque su rostro había cambiado mucho con la edad —era ahora quizás más blando y más redondo—, también estaba ahí el rostro pálido y pecoso de la niña de catorce años que yo había conocido. Y es que es así. Pese a las arrugas y cicatrices y cirugías, la cara del niño que fuimos queda para siempre bajo la máscara del adulto que somos.

Después del evento, Regina se había acercado al escenario, pero apenas logramos hablar mientras yo firmaba libros y catálogos en una mesa, sentado al lado de Graciela. Me dijo que llevaba muchos años viviendo en París, y que no había dudado en venir a saludarme al enterarse del evento y reconocer mi nombre. Le pregunté si podía esperarme unos minutos para que platicáramos con más tranquilidad y ella me dijo que lo sentía mucho, que tenía un compromiso y debía marcharse enseguida. ¿Tal vez nos tomamos algo más tarde, entonces?, le pregunté entre el ruido. Ella pareció considerarlo un segundo, haciendo el cálculo matemático de quién sabe qué factores y probabilidades y números. Yo aproveché ese segundo para decirle que tenía una cena con Graciela y Alexis y el equipo de la Fundación Cartier y que no sabía a qué hora terminaría, pero que igual podríamos juntarnos en algún lado después. Lo siento, Eduardo, no puedo, me dijo, y por su expresión o por su postura supe que la matemática no le había cuadrado y que estaba ya por despedirse —una despedida que uno, a mi edad, adivina puede ser para siempre—, y se me ocurrió entonces preguntarle si quería desayunar conmigo al día siguiente, temprano, en un café insufrible.

El viejo de pelo blanco se acercó a nuestra mesa con el andar de alguien que no quiere llegar a su destino, y ahí permaneció, en silencio, sus brazos cruzados y su entrecejo fruncido y mirándonos a los dos al mismo tiempo, es decir, mirando a cada uno de nosotros con uno de sus ojos estrábicos. O así parecía. Como si hubiese desarrollado y perfeccionado el estrabismo para vigilar simultáneamente a dos comensales. Regina, ya sentada y desenroscándose del cuello una larga bufanda de terciopelo color vino tinto, le pidió un expreso en un francés sin traza alguna de acento, y el viejo, quejándose de algo en murmullos por el solo hecho de quejarse de algo, se marchó con pasos cansados a su sitio detrás de la barra. Ambos nos quedamos callados durante unos instantes, en lados opuestos de la mesa, nada más observándonos y juzgándonos mutuamente y acaso también juzgando lo absurdo de la situación. Llevaba ella puesto un suéter blanco hueso, delicado, liviano, como de lana merino. En la muñeca derecha tenía una pulsera de abalorios de algún tipo de piedra verde, posiblemente jade; en el anular izquierdo un delgado anillo de la misma piedra verde y plata esmaltada. Su pelo era ahora un negro menos negro, un negro más tenue con destellos de gris, y la piel de su rostro poseía ese brillo que adquiere en invierno la piel pálida jamás maquillada. Debido a la luz, a las sombras, a los años ya muertos, tenía ella a veces cincuenta y a veces catorce.

¿Te sorprendí?, preguntó sonriéndome con picardía, y yo le dije que sí, un poco.

La noche anterior, Regina me había dicho que no podría llegar, que debía asistir a una reunión de trabajo al inicio de la mañana. Pero yo igual le había explicado dónde quedaba el pequeño café, por si acaso.

Un hombre, de pie y medio jorobado ante la barra, nos miraba sin ninguna discreción. Estaba vestido con un buzo azul marino de plomero o de albañil y movía los labios sin decir nada, más como un espasmo nervioso que como diciendo palabras. Parecía enfadado, quizás debido a su mirada fija e implacable y a su frente permanentemente arrugada. A pesar de la hora de la mañana, en su mano gorda y manchada de aceite sostenía una copa de coñac. Sus dedos, logré notar desde lejos, estaban coloreados de ambarino, seguramente a causa de quién sabe cuántos años fumando cigarrillos sin filtro. Colgados frente a él, o sea, en la pared del otro lado de la barra, había unos diez o doce mapas antiguos de París, de distintas épocas, de varios tamaños y colores, algunos de ellos en muy mal estado y otros mejor conservados, pero todos con un dardo o un alfiler rojo clavado en el mismo punto, en la misma intersección de dos calles frente al Jardín de Luxemburgo, probablemente esa misma esquina donde ahora quedaba el café. Usted está aquí, en rojo, como para volver a ubicar a cualquier cliente extraviado.

Pensé que no vendrías, le dije a Regina y ella soltó un suspiro que me sonó a mucho más que un suspiro y volvió la mirada hacia afuera y me dijo que su oficina quedaba muy cerca de ahí, del otro lado del parque, y que había llegado en bicicleta. Le pregunté en qué trabajaba y ella estaba por responderme cuando se asomó el viejo y dejó sobre la mesa otro expreso y un pequeño vaso demasiado lleno de agua. Ella le agradeció con un susurro apenas inteligible y se llevó la tacita blanca a los labios y yo me estremecí al reconocer su mano. Una mano que había olvidado por completo, o que creía olvidada por completo. Reconocí su forma. Sus dedos largos y delgados. Las pecas casi invisibles en el dorso. La redondez y el tinte rosáceo de sus uñas. Sin saberlo, había guardado durante años el recuerdo de esa mano, al alcance pero bien sepultado en alguna grieta de mi memoria, nada más esperando ser desenterrado y desempolvado en el instante mismo en que ella alzara una tacita blanca de café. Pensé en decírselo, en comentarle mi sorpresa y estremecimiento al reconocer una mano que apenas había visto tantos años atrás. Pero lo consideré inapropiado, o consideré que ella no me creería, y entonces sólo me quedé observando su rostro y sus manos y me pregunté si las imágenes que vemos en la infancia no son almacenadas en una bóveda distinta de nuestra memoria, una bóveda secreta, una bóveda protegida para siempre del paso de los años. Y me pregunté cuántos recuerdos de mi infancia aún mantengo ahí, en esa bóveda secreta, aparentemente olvidados, sólo esperando su tacita blanca de café.

Soy abogada, me dijo Regina, tomando otro sorbo de expreso. Me contó que ella también se había tenido que marchar de Guatemala hacía muchos años, en su adolescencia. Le pregunté por qué y Regina sólo hizo un ademán muy sutil con la cabeza que pudo haber significado algo o pudo haber significado nada y me dijo que primero había terminado el bachillerato en Londres y luego estudiado derecho internacional en Ginebra y luego empezado su carrera laboral en Bruselas, donde conoció al padre de sus hijas, un abogado parisino de apellido Brodsky. Y pues ella era ahora Regina Brodsky, me dijo, y llevaba ya media vida viviendo y trabajando ahí, en París.

Regina tenía quince años cuando una tarde acompañó a su madre al supermercado La Sevillana sobre la avenida Reforma, en la capital guatemalteca. Al nomás entrar, Regina le dijo a su madre que iría a ver unas lociones de manos y su madre le respondió que se diera prisa y se quedó esperándola en la sección de frutas y verduras. A los diez minutos, su madre fue a buscarla y no la encontró en el pasillo de lociones de manos ni tampoco la encontró en ningún otro pasillo de La Sevillana y entonces supo, aunque después no podría explicar cómo lo supo, que su hija había sido secuestrada.

Por fin localizó al gerente. Agitada, al borde del llanto, le suplicó que cerraran todas las puertas del supermercado, por si los secuestradores aún estaban ahí dentro. El gerente, incrédulo, se negó a hacerlo. La madre de Regina le gritó que si no cerraban las puertas, tanto las principales como las de servicio, ellos serían cómplices y responsables del secuestro de su hija. Algunos clientes, la mayoría mujeres mayores, se habían percatado de la situación y se pusieron a exigirle al gerente que ayudara a la señora, hasta que éste finalmente aceptó y ordenó a sus empleados cerrar con llave cualquier puerta de entrada o salida. Y entonces todos los empleados y algunos clientes también empezaron a buscar a Regina, a gritar su nombre por los pasillos y las varias secciones del supermercado. Transcurrió un tiempo breve, de no más de cinco minutos, pero que la madre de Regina recordaría como horas, antes de que una cajera algo gordita llegara corriendo a decirle que había una muchacha desmayada en el suelo del baño.

La madre de Regina soltó un suspiro de alivio y salió deprisa detrás de la cajera, sintiéndose también un poco avergonzada por el escándalo que había armado con el supuesto secuestro. Su paranoia, aunque no del todo injustificada, le pareció casi graciosa. Pensó que en realidad su hija sólo había necesitado ir al baño, donde por alguna razón, acaso debido a un virus o a una mala dieta, la pobre niña había caído desmayada.

La cajera abrió la puerta del baño y ambas mujeres entraron y la madre de Regina percibió una ola de desasosiego al descubrir que la muchacha tumbada sobre las baldosas del suelo no era su hija.

Y estaba a punto de decírselo a la cajera, o más bien de reclamárselo, como si la cajera fuese la culpable de no sólo una falsa esperanza sino de toda la situación, cuando en eso reconoció la forma ligeramente respingada de la nariz y después reconoció los pequeños pies descalzos en las baldosas y entonces comprendió que la muchacha ahí desmayada era en efecto Regina. Pero ahora llevaba ella otro atuendo (una minifalda roja que su hija jamás usaría), y tenía puesto demasiado pintalabios (su hija jamás se maquillaba), y alguien le acababa de rasurar todo el cabello de la cabeza.

❉

Entraron al café dos niños con mochilas, vestidos exactamente igual. Se sentaron a la mesa de al lado y, como si fuese parte de una tradición de todas las mañanas, el viejo de pelo blanco les trajo dos croissants y dos tazones enormes de chocolate caliente.

Algo así éramos cuando nos conocimos en el campamento, le dije a Regina señalando a los dos niños con la barbilla. No, Eduardo, éramos un poco más grandes, dijo con demasiada nostalgia en la voz. Luego volvió su mirada hacia mí. Además, dijo, ya nos habíamos conocido antes. ¿Cómo antes?, le pregunté, incrédulo. ¿No nos conocimos en el campamento? Regina sacudió la cabeza. ¿No te acuerdas?, me amonestó. Nos habíamos visto por primera vez un año antes, dijo, durante el verano, en la casa de la playa de tus primos. ¿En serio? En serio, se burló. Tú no te fijaste en mí, pero yo sí en ti.

De pronto los fragmentos del rompecabezas empezaron a encajar.

¿Por eso pediste hacer guardia conmigo?

Regina sonrió.

Pero tú, monsieur Halfon, ni me hablabas.

Yo tomé un sorbo de expreso —que detonó, como ya era habitual, una punzada de dolor en mi vientre—, y luego, con la felicidad desenfrenada de un niño de trece años, le conté de aquel listado de preguntas en el bolsillo, y Regina me explicó que la instructora cómplice que hacía el horario de los turnos de guardia era la mejor amiga de su hermana mayor.

Y yo le recordé el libro que ella siempre llevaba en la mano y leía en todas partes (*Franny y Zooey*, de Salinger, me dijo, para practicar su inglés), y Regina a su vez me recordó que yo me había negado rotundamente a bailar con ella en una actividad de danzas folklóricas (rikudim, en hebreo). Y yo le dije los nombres de dos de las posiciones que nos habían enseñado para ir al baño al aire libre (el orangután y el cangrejo), y Regina me mencionó otros dos (el esquiador y el esquiador doble). Y yo le recordé al tenista mexicano y su novia besándose y manoseándose detrás de cualquier árbol o carpa, y Regina me dijo que, como era usual y hasta esperado por las familias, varios matrimonios habían surgido de aquel campamento. Y yo le conté del cuaderno que alguien de mi grupo había encontrado o se había robado, con la ilustración de una mujer agarrada y amordazada por tres soldados vestidos de verde, y con otra ilustración de un cura siendo interrogado y quizás también torturado, y Regina me dijo que, por la manera en que yo se lo estaba describiendo, a lo mejor había sido un cuaderno de alfabetización y adiestramiento hecho por la guerrilla durante aquellos años, posiblemente perteneciente a alguno de los niños indígenas que ayudaban y limpiaban en el campamento (y a quienes, hasta que ella los mencionó, yo había olvidado por completo, pero ahí estuvieron aquellos cinco o seis niños indígenas desde el inicio, desde Santa Apolonia, cargando las carpas y los catres y toda nuestra comida a través de la montaña; había uno llamado Caliche, un niño de mi misma edad y de ojos negros y tez muy morena al que le faltaba un brazo, carencia que lo tenía sin cuidado). Y yo le conté a Regina de la mujer desnuda y sangrando mientras se bañaba una noche en el riachuelo, y ella me explicó que las instructoras más religiosas usaban aquel riachuelo en las noches cuando menstruaban, como baño de purificación (mikve, en hebreo). Y yo le confesé mi euforia ante el roce de nuestras rodillas durante toda una hora, y ella me dijo que ni enterada.

Los dos niños que probablemente eran hermanos se habían terminado los croissants y los chocolates calientes y, tras despedirse del viejo que probablemente era su abuelo, salieron corriendo del café.

Regina se giró hacia atrás y alcanzó su bolsón colgado en el respaldo de la silla y metió una mano y a mí me sorprendió verla sacar un paquete de cigarrillos Gitanes que colocó sobre la mesa. Era una caja celeste, imperfectamente cuadrada, en cuyo frente había un esbozo de la silueta negra y refinada de una mujer bailando. ¿Tú fumas?, le pregunté. A veces, me dijo con una expresión de estoicismo o de derrota. Menos, dijo, desde que no permiten fumar en restaurantes y cafés. Pero igual me relaja nada más sostener uno, añadió, el cigarrillo color amarillo yema —hecho, me explicaría luego, de papel de maíz— moviéndose entre sus dedos. ¿Y qué, no estás relajada aquí conmigo?, le pregunté con algo de travesura, pero ella sonrió una sonrisa casi indiscernible e hizo un gesto como de burla y me dijo alors, monsieur Halfon, ahora cuéntame de ti.

Se reclinó en el respaldo de la silla y cruzó sus brazos como si tuviese frío y me preguntó por mi familia, por mi hijo, por mis estudios, por mis libros, por esa supuesta relación de fuga —según le había respondido la noche anterior— que aún tengo con mi país de origen y con el judaísmo. Es una respuesta medio en broma y medio trágica, le dije. Una respuesta que me sé desde que años atrás un periodista español me preguntó por los libros no leídos que más me habían influenciado como escritor. Regina tenía ahora la mirada más pequeña y fruncida, como intentando encontrar en el aire aquella pregunta tan insólita, y entonces se la repetí. Que cuáles eran los libros que nunca había leído, me preguntó el periodista español, pero que más me habían influenciado como escritor. Una pregunta ridícula y a la vez genial, le dije a Regina. Y yo, sentado ante aquel periodista español, de inmediato supe mi respuesta. Tomé un sorbo amargo de expreso y me quedé saboreándolo más de lo necesario, por puro drama. La Torá y el Popol Vuh, le dije a Regina. Aunque jamás los he leído, no hay dos libros que, como hombre y como escritor, me hayan marcado más. Y es que no necesito leerlos, le dije, pues los he llevado siempre conmigo, escritos ambos en alguna parte muy dentro de mí. El libro de los judíos y el libro de los guatemaltecos, si se me permite esa simplificación, y si es que se les puede llamar libros a esas dos obras monumentales que representan y definen las dos grandes columnas sobre las cuales está construida mi casa. Pero una casa que yo, por alguna razón, desde niño necesitaba destruir o al menos abandonar. No puedo explicarte por qué, le dije. Siempre ha sido así. Siempre me he sentido así, como si algo me obligara a escaparme y desaparecer. Llevo toda una vida huyendo de mi casa.

Regina, casi de un brinco, se inclinó hacia delante, quizás para que aquello que estaba por decirme me llegase más rápido.

Aunque de alguna manera, Eduardo, también buscando tu casa, ¿no?, me preguntó. ¿También necesitando volver a ese espacio del cual huiste o escapaste?

Seguía ella muy cerca de mí, sus codos sobre la mesa, los dedos de sus manos entrelazados como si estuviese en pleno rezo. Yo me quedé mirando esas manos tan finas y tan familiares: había ahí, en las yemas de sus dedos, una biografía entera de caricias tiernas y caricias compasivas y caricias eróticas y caricias de una madre que mima y reconforta. Y mientras aún pensaba en aquel espacio del cual yo había huido o escapado, le dije:

Se prohíbe la entrada a perros y judíos.

❊

Mi padre aparcó su Datsun 280 rojo fuego bajo una palmera enorme, solitaria, casi perdida a medio estacionamiento. Mi hermano, desesperado en el estrecho asiento trasero, seguía apurándome con los pies, y yo entonces abrí la puerta y salí del carro.

Era domingo, aún muy temprano en la mañana. Mi padre ya estaba de pie detrás del Datsun, sacando sus cosas del maletero abierto. Listos, nos dijo al cerrarlo, y los tres empezamos a caminar en silencio hacia la entrada, mi hermano de un lado de mi padre y yo del otro. Los únicos sonidos a esa hora de la mañana eran el escándalo de chillidos de una bandada de pericas arriba en la palmera y el crujir metálico de los zapatos de mi padre sobre la arcilla seca y pedregosa. En eso, sin darme cuenta, yo me puse a caminar más rápido, cuando no a correr, pero mi padre me gritó algo desde atrás y entonces tuve que detenerme a esperarlos. Yo estaba emocionado. Era mi primera vez ahí. Era la primera vez que mi padre nos llevaba con él. Seguimos caminando los tres juntos y tardamos una eternidad en atravesar todo el estacionamiento, pero en la recta final hacia la puerta de acceso, ya sobre un angosto sendero de asfalto, ahora fue mi padre quien aceleró (o al menos así lo recuerdo, como si él estuviese escapando de algo o más bien escapando hacia algo). Yo había permanecido dos o tres pasos atrás, solo, quieto sobre el sendero de asfalto, mi mirada hacia abajo. Vamos, me ordenó mi padre con demasiada firmeza, sosteniendo la puerta abierta y esperándome para entrar. Vamos, le hizo eco mi hermano a su lado. Los ignoré. Hacía poco que había aprendido a leer letras mayúsculas, y aún me paraba ante cualquier letrero para practicar. Mi padre de nuevo me gritó algo pero yo sólo seguí descifrando las grandes letras negras sobre el fondo blanco de un rótulo clavado en el césped, justo a un costado del sendero de asfalto, hasta que finalmente logré leer la frase completa: Se prohíbe la entrada a perros y judíos.

Me volví hacia mi padre, pidiéndole ayuda, pero él sólo me dijo que no era nada y agarró mi mano con torpeza y me jaló fuerte y los tres entramos a donde nos estaba prohibido entrar.

❖

Regina tenía los ojos entrecerrados, como si no terminara de ver o de enfocar las ocho palabras negras que yo acababa de dejar colgadas entre nosotros.

Así advertía un rótulo puesto en la entrada del club de golf de la capital, le dije, y ella, no sé si incrédula o sorprendida, cerró aún más la mirada. Yo era muy niño, continué, pero lo recuerdo bien. Lo vi una mañana de domingo con mi padre y mi hermano.

Aunque eso le dije a Regina, la verdad es que hoy me cuesta creer que realmente lo viera. Me es difícil aceptar que aquel rótulo podía seguir siendo exhibido en público a mediados de los años setenta. Tal vez nunca lo vi una mañana de domingo con mi padre y mi hermano y sólo conservo la imagen de aquel rótulo creada en mi imaginación a partir de la voz de mi padre. Tal vez fue mi padre el que me lo contó y describió y quien lo dejó metido en la bóveda secreta y profunda de mi memoria. Hace poco se lo mencioné a mi padre y él me respondió, casi enfadado, que no recordaba nada. Es decir, no recordaba haber ido con nosotros al club un domingo por la mañana y no recordaba haberme hablado de aquel rótulo y tampoco recordaba que existiese rótulo alguno clavado en el césped del club de golf. ¿Lo recuerdo mejor yo que mi padre, entonces? ¿O es que mi mente de niño inventó una escena completa —con un carro rojo fuego y el crujir de clavos metálicos sobre arcilla pedregosa y los gritos histéricos de una bandada de pericas— a partir de la idea de un rótulo? ¿Habrá existido aquel rótulo nada más en mi mente? ¿Tan osada y caprichosa es la imaginación que puede inventarse un recuerdo y luego convertirlo en algo que percibimos como real? En cualquier caso, poco importa. Aquel rótulo existió. Yo lo vi o lo imaginé, que para un niño viene a ser lo mismo.

Era un rótulo pequeño, seguí diciéndole a Regina, hecho de cerámica o cemento, con letras mayúsculas negras sobre un fondo blanco, colocado en el césped intachablemente verde y pulcro de la entrada al club de golf, que prohibía el ingreso tanto a perros como a judíos. O sea, yo leí aquel rótulo (o supe de la existencia de aquel rótulo) y en mi mente de niño inmediatamente entendí una cosa: para los miembros de ese club, le dije, para mis compatriotas guatemaltecos, no había ninguna diferencia entre un perro y yo.

Regina estaba sacudiendo la cabeza, acaso sin siquiera notarlo, posiblemente también imaginando el rótulo bien clavado en el césped, en medio de una procesión de golfistas rubios y antisemitas.

Nunca supe, dijo al cabo de unos segundos.

Quizás porque tu padre no era golfista.

No, no lo era.

Yo tendría cinco o seis años cuando me enteré de que existía el rótulo, le dije (ya sea porque lo vi con mi padre y mi hermano un domingo por la mañana, pensé sin llegar a decírselo, ya sea porque mi padre algún día que ni él mismo recordaba me lo describió). Y desde entonces, Regina, jamás he podido olvidarlo. No tanto por el rótulo en sí, sino por la sensación de ruptura que ese rótulo me dejó. A partir de él, a partir de esa frase y de ese momento, mis dos mundos, el judío y el guatemalteco, ya para siempre se separaron.

Que era, Eduardo, precisamente la intención de los que decidieron colocar aquel rótulo en el césped. Separarte de ellos. Alejarte. Presentarte como algo inhumano y sucio, como un animal. Es una estrategia que los alemanes siempre tuvieron muy clara. Acuérdate de la famosa frase que el historiador Heinrich von Treitschke escribió en un artículo académico de 1879, y que medio siglo después fue adoptada y diseminada por los nazis. Die Juden sind unser Unglück, dijo Regina en un alemán impecable. Los judíos son nuestra desgracia, tradujo. Un lema que en aquellos años estaba por todas partes, en pancartas y pegatinas, en caricaturas antisemitas, hasta estampado cada semana en la parte inferior de la cubierta de la publicación propagandista *Der Stürmer*.

Regina, tras un silencio, me señaló con su cigarrillo de maíz.

Y acuérdate también, dijo aún señalándome, de las declaraciones de Himmler. Deshacerse de los judíos,

dijo Himmler, era exactamente lo mismo que deshacerse de los piojos. El antisemitismo alemán, dijo
Himmler, no había sido nunca una cuestión de ideo-
logía, sino de limpieza.

Regina soltó el suspiro largo y espeso de alguien
que en su vida ha visto muchos rótulos como aquel y
escuchado muchas injurias como aquella y yo de
pronto recordé que alguna vez también me llamé Israel.

Hace años, le dije, antes de marcharnos de Guatemala, había un niño en mi clase que nos llamaba Israel a los pocos chicos judíos del colegio y llamaba
Sara a las pocas chicas judías. Para él, un niño guatemalteco de diez años, yo ya no era Eduardo, sino
Israel.

Regina se llevó el cigarrillo a la boca y pareció fas-
tidiarse al advertir que no estaba encendido.

Yo era muy joven, continué, y aunque sabía que la
suya era una burla antisemita, todavía no la captaba
del todo. Tardé muchos años en entender que el niño
la había copiado de los alemanes. Es decir, que esa
misma práctica había sido una ley en la Alemania de
los nazis: otorgarle oficialmente el nombre Israel a
cualquier judío que no tuviese un primer nombre típico de un judío (existía una lista de nombres autori-
zados), y otorgarle oficialmente el nombre Sara a
cualquier judía que no tuviese un primer nombre tí-

pico de una judía. Israel y Sara, le dije a Regina. Un pueblo entero reducido a dos nombres.

Por supuesto, dijo ella, el segundo artículo de la Ley de Alteración de Nombres Personales y Familiares, establecida en 1938. El niño de tu clase la habrá aprendido de su padre.

Posiblemente, sí. De su padre golfista.

El niño se llamaba Franz Peter. O tal vez se llamaba Peter Franz. Sea como fuere, era mucho más alto y corpulento que yo, y tenía el pelo tan blanco y la piel tan pálida que a veces, en el sol, daba la impresión de padecer albinismo. Vivía a unas cuadras de mi casa; los dos tomábamos el mismo bus del colegio. Una tarde, nos encontramos en la calle, ambos en bicicleta, y Franz me preguntó si quería ir a ver su colección de revistas. Llegamos en nada a su casa (yo había estado ahí en una sola ocasión, para la fiesta de uno de sus cumpleaños, al final de la cual todos los niños recibimos, como obsequio sorpresa, un pollito vivo). Dejamos nuestras bicicletas tiradas sobre el césped del jardín y entramos y, subiendo ya unas gradas amplias y ostentosas y mirando el antiguo crucifijo de plata y madera colgado en la pared, me sentí como un intruso.

Franz cerró con llave la puerta de su dormitorio. Se puso de rodillas, metió una mano debajo de la cama y sacó una vieja escafandra de apicultor; no recuerdo o nunca me dijo cómo la había conseguido (probablemente era robada). Luego, con la escafandra blanca ya puesta sobre su cabeza, volvió a meter una mano debajo de la cama y sacó una endeble caja de cartón y empezó a mostrarme revistas. Casi todas eran de fútbol, aunque también había dos o tres cómics y una publicación más científica con fotos de mujeres desnudas de alguna tribu amazónica. Pero de pronto Franz introdujo su mano en la caja de cartón y alcanzó una revista más delgada y pequeña, quizás tamaño media carta, con cubierta color crema y caracteres negros y con las demás páginas rústicamente atadas usando un cordel de estambre, y se lanzó a hablarme de ese panfleto que sujetaba como un tesoro en las manos. Por su tono, ahora más agudo y más excitado, yo de inmediato entendí que el panfleto añejo y prohibido era la razón principal por la que me había invitado a su casa. Franz, aún disfrazado de apicultor, me seguía hablando —estaba diciéndome algo de su abuelo y de su padre— y yo seguía procurando descifrar la imagen de la cubierta. Había en el centro una palabra compuesta de sólo tres letras negras y gruesas, metida en medio de un cuadrado imperfecto, tipo trapezoide, con borde igualmente negro. Pero la palabra, para mí, no tenía sentido. Pax, parecía decir, aunque tampoco. Tardé algunos instantes en finalmente comprender que una de las letras, la tercera, no era una letra sino un símbolo; y que en la parte inferior de la cubierta, justo debajo del cuadrado negro e imperfecto, había una sola frase corta, en mayúsculas más pequeñas. Paz se escribe con esvástica, decía.

Yo había olvidado aquel panfleto y también había olvidado aquella tarde en la casa del apicultor Franz Peter o Peter Franz, hasta hace unos años. De paso en Nueva Orleans, una profesora de Tulane me invitó a visitar una de las bibliotecas de la universidad, la Howard-Tilton Memorial Library, en cuyo cuarto nivel mantienen una extensa colección de libros y documentos históricos latinoamericanos. Tras un par de horas husmeando sin propósito alguno, felizmente perdidos, encontramos un legajo de revistas y documentos publicados en Guatemala en 1939 por el Servicio Informativo Oficial de la Legación de Alemania. Y ahí estaba el mismo panfleto apenas atado con un cordel de estambre. Ahí estaba la misma esvástica negra haciendo de Z.

✳

Regina, si bien sonriendo, me miraba ahora con una severidad que parecía reproche.

Pero a ver, monsieur Halfon, hay algo que aún no me queda claro.

Su voz sonaba más atrevida.

Suponiendo que es verdad que no has leído los dos libros de tus dos mundos, dijo, cosa que no te creo o no te creo del todo —Regina aquí hizo una pequeña pausa y yo le hice un pequeño guiño—, tampoco entiendo por qué todavía insistes en ello. Por qué tanta necedad. Por qué no leerlos ahora, dijo con entonación inquisitiva, pero yo únicamente alcé los hombros y sacudí la cabeza y me sentí como un niño que no quiere siquiera probar un bocado. ¿Qué temes?, me preguntó. ¿Qué crees que te pasará si finalmente los lees?, me preguntó. Y yo, con gravedad, le dije que sin duda alguna explotaría.

Regina se rio dulce e insonoramente y se echó hacia atrás en su silla y luego los dos guardamos silencio y yo noté con encanto, durante ese breve interludio, que cada vez que ella se llevaba el cigarrillo color yema a los labios también aspiraba y expiraba una nube de humo imaginario y teatral.

¿Hasta cuándo te quedas en París?, me preguntó en un susurro, y yo le dije que tenía un vuelo al día siguiente a Berlín, donde estaba viviendo. Ella abrió ligeramente la boca, a punto de hacerme otra pregunta, acaso una pregunta indiscreta o una pregunta indebida, pero pronto cerró la boca y ya no me preguntó nada más.

Yo levanté la mirada. El café estaba casi vacío. Sólo seguían ahí el viejo de pelo blanco y el albañil o plomero, siempre enfadado y de pie ante la barra y meneando y calentando en su palma otro coñac, aunque ahora observaba a Regina. O mejor dicho observaba concentradamente el cigarrillo en la mano de Regina. Y se me ocurrió que en cualquier momento se acercaría a ella para darle una bofetada con su mano gorda y grasienta.

En un gesto inútil pero lleno de significado, cogí mi taza blanca ya sin expreso y me la llevé a los labios, y Regina, en una especie de respuesta, supuse, consultó la hora en su reloj.

¿Debes marcharte a la oficina?, le pregunté y de nuevo un cálculo matemático de vaya uno a saber qué sumas y restas.

No, dijo finalmente con un hálito de humo ficticio. ¿Y tú, Eduardo? ¿Tienes algo que hacer?

No, tampoco, le mentí.

Levanté una mano y le pedí otros dos expresos al viejo de pelo blanco. Mientras esperábamos, le volví a preguntar a Regina qué tipo de abogada era y ella me dio una respuesta larga y engorrosa que no entendí muy bien, quizás porque ella no pudo o no quiso explicarme muy bien. Esa es una respuesta de abogada, le dije con un toque de cizaña y luego le insistí un poco y ella entonces, intentando resumirlo en frases cortas y directas, dijo que su trabajo era algo no gubernamental. Algo con niños de refugiados y niños de sobrevivientes. Algo, dijo, con el trauma que heredan los hijos y los nietos de una guerra. Y aspiró una larga bocanada de aire, como si necesitara más oxígeno para poder continuar. Nachkriegskinder, dijo soltando el aire. Niños de la posguerra, tradujo del alemán. Y es que una guerra, dijo, no termina nunca.

Regina guardó silencio unos segundos, dejando que las ondas sonoras de sus últimas frases se quedaran repicando entre los ruidos y murmullos del pequeño café.

Recuerdo la música, susurró con una voz casi de niña, casi con miedo.

Un cuarteto de cuerdas sonaba en el bosque.

Todos estábamos parados en fila, apenas conscientes de la música que salía de un viejo altoparlante a medida que avanzábamos despacio hacia una pequeña mesa al lado del poste de hierro. La bandera, por primera vez, no estaba. Ahora, en la neblina del amanecer, había una bandera roja con un círculo blanco y una esvástica negra.

Algunos niños seguían en pijama y algunas niñas en camisón de dormir. Otros, aunque ya vestidos, no habían tenido tiempo de buscar sus abrigos o impermeables y temblaban en el frío matinal. Y unos cuantos estaban descalzos o sólo con calcetines. Yo, por suerte, al volver a la carpa me había quedado dormido sin quitarme las botas ni el abrigo.

Los instructores, todos ahora vestidos de soldados, con uniformes negros y brazaletes rojos y enormes

tarántulas (yo las miraría ya para siempre como tarántulas), nos amenazaban usando palos y garrotes
mientras nos gritaban órdenes en una mezcla de español y alemán.

Finalmente llegué a la pequeña mesa de madera
junto con mi hermano. Un soldado, sentado y tomando notas en un cuaderno sin jamás alzar la mirada, nos espetó que de uno en uno. Mi hermano dio
un paso hacia atrás y aguardó su turno. El soldado
entonces me preguntó mi nombre completo y mi
edad. Escribió algo en el cuaderno y me dijo que a la
izquierda.

En el grupo de la izquierda estaban reuniendo a los
niños mayores, de pie, y en el grupo de la derecha a
las niñas mayores, también de pie. En medio, sentados, estaban todos los más pequeños, unos llorando
en silencio y otros sollozando y otros con una expresión pálida y embelesada en el rostro. Una niña de
cinco o seis años se había acostado sobre el césped.
Aún dormía, supuse. Pero había otro grupo más. Un
grupo de tal vez diez niños y niñas que los soldados
habían apartado de todos nosotros, y a quienes ahora,
con una serie de gritos y golpes, estaban obligando a
bailar al compás de la música del cuarteto de cuerdas.
Varios bailaban solos. Un niño bajito y una niña muy
alta bailaban de frente, pero algo separados y sin siquiera mirarse. Dos niñas que parecían hermanas

también bailaban de frente, agarradas de las manos. Otras dos niñas bailaban como una pareja de tango, tomadas de la cintura con un brazo y con la otra mano en alto. Ninguno de los diez se movía al ritmo de la música. Ninguno sonreía.

Pronto terminó el proceso de selección y apagaron la música del cuarteto de cuerdas y unos soldados se llevaron a todos los niños más pequeños y sin ellos la mañana me pareció aún más helada.

No sabíamos qué hacer. No entendíamos qué estaba pasando. Esperamos así un buen rato, nada más mirándonos los unos a los otros, hasta que nos arrearon a empujones y gritos y nos juntaron a todos de nuevo y nos hicieron formar filas de cinco.

Una voz gritó: Silencio. Otra voz: Appell, Juden.

Conteo, por fin comprendimos, y cada niño fue diciendo un número en voz alta.

Luego nos ordenaron formar una sola línea larga y recta —uno junto al otro, hombro contra hombro, a medio metro estricto de distancia, con la vista hacia el frente—, y la misma voz volvió a gritar Appell, Juden, y de nuevo todos dijimos un número en voz alta.

Mi hermano, que estaba justo a mi derecha, de pronto giró su cabeza hacia mí y se inclinó un poco y, en un hilo de palabras llenas de miedo y apenas perceptibles para cualquier otro que no fuese su hermano, me preguntó en inglés si estábamos soñando. No le respondí. No sabía la respuesta.

Lejos, del otro extremo, Regina me miraba de vuelta con una mirada más abatida que molesta, una mirada hinchada y fugaz que bajó al nomás oír los gritos de un soldado que venía caminando a lo largo de la línea.

El soldado traía un costal abierto en las manos, aunque más parecía la funda de una almohada, y estaba gritándole a cada niño que echara dentro su reloj o su cadena o sus aretes o cualquier otro objeto valioso que tuviera puesto o guardado en los bolsillos. Yo me quité el reloj digital y también saqué la cámara del bolsillo de mi abrigo y eché ambos en el costal (temí, no sé por qué, que ya no los volvería a ver). Mi hermano tenía en sus manos la cadena de oro y un pequeño dije con una estrella de David que había recibido unos meses atrás, para su cumpleaños, y me preguntó con la mirada y yo le respondí que sí con un movimiento de la cabeza y él echó la cadena en el costal.

A nuestra izquierda, una niña con apariencia de espantapájaros se negaba a entregar un anillo. Que había sido de su abuela, repetía. Que era un anillo de plata heredado de su abuela.

Una soldado se acercó y le dobló la mano hacia atrás y la condujo unos veinte pasos sin soltarle la mano hasta que llegaron a una sucesión de cuadrados blancos pintados en el suelo con polvo de yeso o con cal, tipo casillas de un juego de rayuela, cada una de aproximadamente un metro de largo por un metro de ancho.

La niña espantapájaros entonces se quitó el anillo y, tras dárselo a la soldado, entró a una casilla de cal como si estuviese entrando a una celda y ahí se quedó encerrada, de pie, llorando.

Dos soldados avanzaban ahora a lo largo de la línea. Estaban ordenándonos a gritos lo siguiente: que nos quitáramos impermeables y abrigos y también los pañuelos blancos y celestes que llevábamos amarrados alrededor del cuello y que lo juntáramos todo en un solo montículo. En medio del montículo brillaba ya un retazo verde neón.

Un soldado nos ordenó ponernos en cuatro. Nadie le entendió y él tuvo que ordenarlo de nuevo. Que se pongan en cuatro patas, dije. Y entonces entendimos y nos arrodillamos y colocamos las manos sobre la tierra y el soldado esperó con los brazos cruzados a que se hiciera el silencio. A gatear, gritó, y todos empezamos a gatear por el claro en el bosque, sin rumbo y sin detenernos, una sola masa de niños gateando por el claro en el bosque, hasta que el soldado, con tono de fastidio o de aburrimiento, dijo que ya era suficiente, que nos pusiéramos de pie y regresáramos a nuestro mismo puesto en la línea.

Una soldado nos ordenó abrir la boca. Traía una cubeta llena de agua en una mano, un pequeño guacal de plástico verde en la otra. Que abriéramos bien la boca, volvió a decir, para darnos a beber un poco de agua. Y la soldado empezó a caminar lentamente a lo largo de la línea, apenas sonriendo y apenas deteniéndose delante de cada uno de nosotros y lanzándonos un guacalazo de agua templada y apestosa en la cara.

Un soldado nos ordenó extender el brazo derecho hacia el frente en un ángulo de cuarenta y cinco grados sobre la horizontal, dedos rectos, palma hacia abajo, y mantenernos así durante un minuto que él

procedería a cronometrar en su cabeza. Todos obedecimos y alzamos nuestro brazo derecho. Luego, cuando en su cabeza había concluido ese minuto, el soldado nos dijo que permaneciéramos así un minuto
más y otra vez empezó el cronómetro en su cabeza y
yo sentí ganas de gritar debido al dolor.

Una soldado nos ordenó arrodillarnos.

Era la misma instructora que la noche anterior —hacía unas horas que más se sentían como años— había
anunciado los turnos de guardia encaramada en una
mesa.

Dos niñas rubias y descalzas y como de mi edad
susurraron algo entre ellas y la soldado rápido se
acercó y las tomó del pelo y, mientras las niñas gritaban y forcejeaban, se las llevó jalándolas fuerte del
pelo hasta ponerlas de rodillas una enfrente de la
otra, delante de todos nosotros.

Pégale una bofetada, le ordenó a una de las niñas.

Pero la niña sólo alzó la vista y sacudió la cabeza
ligeramente, como confundida o como con miedo.
Que le pegues una bofetada, dijo la soldado, pronunciando muy despacio las palabras para que todos
las escucháramos bien. Pero la niña sólo seguía sacudiendo la cabeza. Tenía los ojos cerrados. Tem-

blaba su labio inferior. Noté que las uñas de sus pies estaban mal pintadas con un esmalte rojo guinda. La soldado entonces se puso justo frente a ella y la miró hacia abajo y le pegó una bofetada fuerte y sólida y la niña, con su mejilla colorada, tuvo que estirar una mano y colocarla sobre la tierra para no caer al suelo. Enderézate, le ordenó la soldado sin emoción alguna, y volteándose hacia la otra niña, decretó: Ahora tú, pégale una bofetada. Y la otra niña entonces volvió la mirada hacia su amiga —quien seguía sacudiendo la cabeza, como implorándole que por favor no lo hiciera—, y levantó una mano y, tras titubear un momento, le propinó en la misma mejilla una bofetada suave y casi simbólica. Más duro, le gritó la soldado. La niña, que también tenía las uñas de los pies mal pintadas del mismo esmalte rojo guinda, dudó unos instantes, pero luego recordó lo que había pasado y entendió las consecuencias de no obedecer y le propinó una segunda bofetada a su amiga (posiblemente su mejor amiga, con quien hacía poco, en una carpa, se había pintado de rojo guinda las uñas de los pies). Más duro, dije, volvió a gritar la soldado, y la niña por tercera vez levantó una mano y por tercera vez golpeó la misma mejilla de su amiga y el trueno de esa bofetada quedó resonando en el bosque.

Ambas lloraban.

La soldado las agarró del pelo y fue a encerrarlas en dos celdas de cal.

Unos soldados empezaron a entregarle a cada niño una banda de tela blanca con una cuerda fina y corta en ambos extremos y un estampado de una estrella amarilla en el medio. Jude, decía dentro de la estrella, en unas letras negras y tan estilizadas que tardé unos segundos en poder leerlas, pues a primera vista me habían parecido caracteres hebreos. Judenstern, nos dijeron. Estrella judía, nos dijeron. Que de ahora en adelante debíamos usar siempre esa estrella amarilla alrededor de nuestro brazo izquierdo, a la altura del corazón. Que cualquier niño que fuera descubierto sin su estrella amarilla sería castigado y azotado. Que ayudáramos al que estaba a nuestro lado a ponérsela. Y yo entonces le amarré a mi hermano su estrella amarilla y él me amarró mi estrella amarilla mientras los demás niños a nuestro alrededor hacían lo mismo. Algunos de ellos gemían y suspiraban, al parecer molestos. Pero llevar ahora esa estrella amarilla en el brazo izquierdo me provocó un sentimiento distinto, para mí tan inexplicable como inesperado. Me llenó de una especie de ardor que hoy, quizás, llamaría orgullo.

❊

Samuel estaba observándonos desde el otro lado del claro en el bosque, su expresión impasible, sus brazos cruzados sobre el pecho, su pose firme y estoica, como si fuera el comandante o la máxima autoridad. No se movía. No hablaba con nadie. Sólo vigilaba desde lejos. Unos soldados nos estaban gritando algo, pero yo apenas les presté atención. Aún arrodillado, no podía dejar de mirar a Samuel. Estoy seguro de que yo era el único mirándolo en todo su negro esplendor. De pronto vi que se le acercó una de las instructoras vestida de soldado, acaso la más joven —una chica delgada, bajita, de pelo muy lacio y muy rubio—, y se puso a hablar con él. Pero Samuel no le respondía. Apenas la miraba de reojo, concentrado en nosotros, mientras sacudía la cabeza despacio (un no sutil y enfático al mismo tiempo). Ella llevaba puestas unas gafas enormes, o que lucían enormes en su rostro infantil, o que daban la impresión de ser enormes debido al grosor de los cristales. Nerviosa, se las quitaba y se las volvía a poner y después se las volvía a quitar y las apretaba y sacudía entre sus dedos que ya temblaban un poco. Algo le estaba diciendo a Samuel, primero en susurros, luego en voz alta, luego casi a gritos, hasta que por fin se resignó y se quedó callada. Tenía el rostro enrojecido, ambas manos empuñadas.

Parecía a punto de explotar. Pero no explotó. Nada más se quitó el brazalete rojo y la camisa negra y dejó ambas prendas tiradas junto a los pies de Samuel y así, vestida ahora con pantalón negro y playera blanca sin mangas, se fue a sentar sola dentro de una celda de cal.

Unos soldados estaban gritando que colocáramos las manos detrás de la espalda. Todos obedecimos, aún de rodillas, y los soldados nos fueron atando las manos con un delgado lazo de mimbre. Yo sentí el áspero roce del mimbre alrededor de mis muñecas y recuerdo sorprenderme al notar que el lazo apenas estaba amarrado, como sin mucho esfuerzo o como con un nudo mal hecho. Pensé que muy fácilmente podría sacar mis manos y quitármelo y liberarme. Pero permanecí quieto.

Al rato un niño se quejó de la sed; le propinaron un golpe con un palo en el culo y se lo llevaron y lo dejaron arrodillado en una celda de cal. Luego una niña se quejó del dolor en las rodillas; le vendaron la boca con un pañuelo sucio y también la encerraron arrodillada en una celda de cal. Luego otro niño balbuceó que tenía que ir al baño a orinar, y a él también le vendaron la boca con un pañuelo sucio y lo acostaron

boca abajo en una celda de cal y se turnaron piso-
teándole la espalda y gritándole que adelante, que
orinara ahí mismo. Y ya nadie se quejó de nada.

✻

Un soldado estaba caminando a lo largo de la línea
con un matamoscas rojo en la mano. Usted, dijo, señalando a un niño con el matamoscas. Y usted, señalando a otro. Y usted, señalando a otro. Y usted, señalándome a mí.

Ninguno de los cuatro sabía qué hacer. Nos quedamos quietos, mirándonos con nervios y extrañeza,
esperando instrucciones.

Ubicado ahora a unos diez o quince metros de nosotros, el soldado nos anunció que haríamos una carrera, así, de rodillas y con las manos atadas detrás de
la espalda, y que los perdedores serían los últimos
tres en llegar a donde él estaba parado. En sus mar-
cas, gritó sin siquiera habernos dado tiempo a proce-
sar lo que estaba ocurriendo, y yo sentí el pánico en
el pecho. Listos, gritó, y yo volví la mirada fugazmente a mi derecha, a mi izquierda, como buscando
a alguien que me ayudara o salvara. Fuera, gritó, y yo
entonces empecé a avanzar con brusquedad, cayéndome hacia delante y cayéndome hacia los lados y
luchando por volver a hincarme sin el uso de las ma-

nos y por recuperar el sentido de orientación mientras intentaba dirigirme hacia las risotadas del soldado. No escuchaba nada más. Como si súbitamente hubiesen desaparecido todos los otros niños y todos los otros soldados. Ahora, lo único que existía o lo único que me importaba era esa risa histérica y burlona. No sé cuánto tiempo me tomó cruzar los diez o quince metros, pero cuando finalmente llegué, jadeando y escupiendo trocitos de grama y con los pantalones de gabardina azul ya rasgados en las rodillas y mi rostro todo embarrado de sudor y tierra, el soldado, realizando un gesto con el matamoscas que me hizo pensar en un emperador romano absolviendo a su víctima, sólo me dijo que volviera al mismo lugar en la línea. A los otros tres niños se los llevó de rodillas a tres celdas de cal.

Estuvimos así un rato más. En silencio absoluto. Arrodillados sobre la tierra húmeda y fría y con las manos atadas atrás de la espalda. Hasta que cerca de mediodía aparecieron dos soldados cargando una olla enorme y platos de aluminio y un cucharón.

Essenszeit, juden, gritaron. Hora de comer, judíos.

Entonces caí en la cuenta de que no habíamos comido en toda la mañana. Tenía hambre, desde luego.

Pero un hambre aún opacada por la confusión y la angustia y todo lo demás.

Uno de los soldados estaba colocando un plato de aluminio enfrente de cada niño, en el suelo, mientras el otro servía una porción de sopa color manteca. La mitad de mi sopa cayó en la tierra. La otra mitad me la tomé como lo haría un perro.

Al terminar, me enderecé y me limpié la boca con la lengua lo mejor que pude y advertí que algo sucedía en el extremo de la línea, a mi izquierda. Volví la mirada.

El pelirrojo Saúl se negaba a comerse su sopa. Un soldado estaba agachado, gritándole en la oreja que debía comérsela toda, que era una orden. Pero Saúl sólo sacudía la cabeza y lloriqueaba y decía que no.

Samuel, que había estado observando desde lejos, caminó despacio hacia el final de la línea. No entendí por qué sus pasos eran ahora demasiado lánguidos y pesados, como si algo lo estuviese frenando u obstaculizando, hasta que descubrí con alarma que, dentro de la funda colgada de su cinturón, tenía una pequeña pistola negra.

Samuel se ubicó detrás del niño. Sin decir nada, colocó una mano en la parte posterior de la cabeza de Saúl y le dio un fuerte empujón hacia abajo y Saúl no opuso resistencia alguna y su cara pareció estallar contra la tierra.

Y yo sentí entonces un miedo que nunca antes había conocido. Un miedo caliente y paralizador. Un miedo que de pronto me convirtió en una estatua. Ahí, tumbado en la tierra y sangrando, estaba uno de mis compañeros. Necesitaba ayuda, necesitaba al menos consuelo. Y yo no podía o no quería o no me atrevía a hacer algo por él.

Martínez, en cambio, ya estaba de pie y corriendo hacia Saúl.

Dos soldados lo derribaron al suelo.

No sé cómo, pues seguía él con las manos atadas detrás de la espalda, Martínez logró escabullirse de los soldados y ponerse de pie. Luego, enfrentándose a uno de ellos, inclinó la cabeza y tomó aviada y lo embistió, dándole un duro golpe en el estómago. El soldado de inmediato cayó a la tierra sin aliento, su rostro pálido, sus manos sosteniéndose el vientre, y Martínez, con la cabeza aún inclinada, lanzó un grito que se quedó zumbando en el bosque. Un grito doloroso, primordial, quizás dirigido a los soldados o quizás dirigido a todos nosotros:

Cobardes de mierda.

Y seguía Martínez con la cabeza hacia abajo y estaba a punto de embestir al otro soldado cuando Samuel llegó corriendo hacia él y se agachó un poco y, en un movimiento relámpago y experto, le barrió las piernas desde atrás mientras al mismo tiempo le asestaba un solo machetazo directo en la nuca con el filo de la mano.

Martínez aterrizó como un muñeco de trapo sobre la tierra.

Su cuerpo estaba completamente inmóvil. Tenía los ojos entreabiertos, sus brazos torcidos, casi doblados al revés en un ángulo imposible, el codo raspado y sangrando. Había perdido un calcetín.

Tres soldados llegaron hacia donde estaba tirado Martínez y le desataron las manos y lo levantaron del suelo y se lo llevaron cargado de las extremidades.

Ninguno de nosotros se movió. Ninguno dijo nada.

Samuel estaba ahora parado enfrente de la línea, en silencio, las manos detrás de la espalda, mirándonos de uno en uno y acaso dejando que la escena anterior (o el grito de Martínez) nos calara aún más. Luego empezó a hablar de la sumisión, del sometimiento a las reglas del grupo y a la cadena de mando, de la importancia de seguir órdenes. No recuerdo sus palabras exactas —yo seguía aturdido y medio hipnotizado por los golpes y la sangre y por esa pequeña pistola negra—, pero sí recuerdo su tono tajante. Recuerdo su postura marcial. Recuerdo su mirada celeste y siniestra. Recuerdo el rictus casi de deleite en su rostro. Recuerdo también que el silencio entre no-sotros había cambiado. Ahora no era un silencio de respeto, tampoco un silencio de temor, sino algo simi-lar a un silencio de vacío o de ausencia, como si ya no estuviesen ahí nuestros espíritus ni nuestras mentes ni nuestros corazones ni nuestras voces.

Samuel terminó su discurso y nos ordenó ponernos de pie.

Sentí las piernas entumecidas, acalambradas, y tuve que hacer un esfuerzo para balancearme y no caer al suelo.

Unos soldados empezaron a quitarnos el lazo de las muñecas. Otros soldados liberaron a todos los niños que habían estado encerrados en celdas de cal. Otros soldados trajeron de las carpas los zapatos y las botas de los niños que seguían descalzos o con calcetines, y los tiraron todos enfrente de nosotros, amontonados y revueltos. También enfrente de nosotros, al lado de la montaña de zapatos y botas, había ahora dos ban-quitos y una mesa de madera, en cuya superficie logré distinguir algunos objetos: una cartera de cuero negro, un rimero de algodón, una botella de alcohol, una pluma fuente, un lapicero, un pequeño frasco de tinta verde, un aparato de metal que a primera vista me pareció ser una variedad de revólver o arma de fuego, pero pronto comprendí que era una máquina para tatuar.

Samuel anunció que pasaríamos el resto de la tarde buscando piedras en el riachuelo y luego juntándolas ahí mismo, en el claro en el bosque. De cualquier tipo, dijo, y de cualquier tamaño o textura, hasta formar aquí una montaña de piedras. ¿Entendido?, preguntó con un grito, pero sabíamos que en realidad no era una pregunta. Adelante, entonces.

Todos obedecimos y salimos del claro en el bosque sin romper la línea y empezamos a caminar entre los árboles, sobre el sendero que conocíamos bien y que descendía hasta llegar al riachuelo. Estábamos solos, ya sin soldado alguno acompañándonos ni vigilándonos, pero igual nadie decía nada. Nuestro miedo era una mordaza.

Avanzamos despacio, con pasos mecánicos y torpes, cada cual metido en sus propios pensamientos. Algunos quizás pensando en esas piedras que debíamos encontrar y acarrear al claro en el bosque durante el resto del día (¿para construir algo?, ¿para destruir algo?, ¿para después, por la noche o al día siguiente, ser obligados a cargarlas de vuelta al riachuelo?). Otros quizás pensando en la pistola negra enfundada en el costado de Samuel (¿por qué una pistola?, ¿por qué esa pistola, tan afinada e insólita?, ¿y la tenía ya lista y amartillada y llena de balas?, ¿estaba realmente dispuesto a encañonarnos, a dispararnos?). Otros quizás pensando en el pequeño frasco de tinta verde y la máquina de tatuar que nos esperaban allá atrás, sobre la mesa de madera (¿nos tatuarían luego a todos?). Y otros, seguramente la mayoría, pensando todavía en Martínez.

El sendero fue haciéndose más estrecho y tupido. Yo volví la mirada hacia arriba. El sol, lejano, era un hoyo preciso de luz en el cielo. Después volví la mirada hacia atrás, brevemente, como si mirar hacia atrás también estuviese prohibido, como con aprensión a quedarme ciego o a convertirme en una columna de sal. Ya apenas logré distinguir el campamento entre el follaje. Las carpas verde olivo. Algunas sombras negras con uniformes negros. El poste de la bandera en medio del claro en el bosque. Me detuve junto a un árbol grande y añoso y me apoyé unos segundos en el tronco, no sé si abatido o agotado o si simplemente necesitaba esos segundos para dejar que mis piernas recuperaran un poco de fuerza antes de pegar un brinco y salirme del sendero y empezar a correr montaña arriba entre los árboles.

Escuché gritos y pasos a mis espaldas, pero sólo seguí corriendo.

Era una Luger, me dijo.

Se acercó a él una tailandesa con minifalda de lona y playera negra sin mangas y le susurró algo en alemán y él sólo tomó un sorbo corto de ron oscuro y añejo y la tailandesa, acaso decepcionada, se marchó a través de una cortina de abalorios.

Pero una Luger sin balas, añadió, su mano regordeta haciendo un gesto raro sobre el mantel de la mesa, a la vez lúgubre y compasivo, como si estuviera cerrándole los ojos a un muerto.

Llevaba puesta una camisa hawaiana extravagante e inmaculada, una chaqueta de cuero falso, una gruesa cadena de oro alrededor del cuello y otra cadena idéntica alrededor de la muñeca izquierda. Había desaparecido su melena de rulos rubios. Su cuerpo, mucho más chaparro y encorvado de lo que yo recordaba, era ahora el cuerpo flácido y barrigudo de un hombre sesentón que ha dejado atrás dos o tres matrimonios. Y ya apenas se distinguían, debajo de una máscara de arrugas y gafas de lectura y una tupida barba rabínica y salpimentada, sus facciones finas y su mirada celeste cielo.

Es que lo importante no eran las balas, me susurró Samuel desde el otro lado de la mesa, y luego, tras lamerse el ron de los labios, articuló despacio: Lo importante era que todos ustedes miraran la pistola.

En algún momento mientras caminábamos con nuestros brazos enlazados y sin prisa alguna por el Jardín de Luxemburgo (recuerdo pensar que Regina caminaba con gracia, con aire, como al ritmo de una música inexistente), y mientras ella fumaba uno de sus cigarrillos de papel de maíz y me contaba de su salida definitiva de Guatemala unos días después de que intentaran secuestrarla en el supermercado La Sevillana (rapándola y disfrazándola, para que nadie en el supermercado la reconociera), y mientras yo le robaba caladas y le hablaba de la tarántula que vi o que imaginé aquella mañana de gritos, Regina me dijo que Samuel Blum también vivía en Berlín. Aunque no me dijo por qué, ni en qué sector de la ciudad, ni hacía cuánto tiempo, ni tampoco a qué se dedicaba. Sólo me dijo que él llevaba años viviendo y trabajando en varias ciudades latinoamericanas y europeas, y que en ese momento, casualmente, residía en Berlín. También Samuel Blum, añadió con algo de hipérbole, es ahora un berlinés.

Tras una semana de haber vuelto yo de París, ya con mi maleta recuperada y sin viento huracanado alguno, recibí una llamada de Regina. Me dijo que había logrado conseguir el número de teléfono de Samuel, aunque no me dijo cómo, igual que su correo electrónico y hasta una dirección postal, y que así podría contactarlo. Yo anoté todos los datos en la parte posterior de una factura del supermercado y le dije a Regina que muchas gracias, que por supuesto, que le escribiría enseguida, sabiendo que no lo haría. No tenía ningún deseo de hablar con él después de tantos años. Además, aún sentía pudor y repugnancia cada vez que pensaba en todo lo acontecido en el bosque. Y la factura entonces se fue soterrando paulatinamente en la superficie de mi escritorio, debajo de libros y panfletos y dibujos de mi hijo y recibos de gas y recibos de luz y recibos del hospital Martín Lutero (por una reciente y ya inaplazable intervención quirúrgica) y papeles sueltos y carpetas de cartón y hasta un talismán negro y prehistórico: una pequeña piedra triangular que lleva años acompañándome sobre mesas de trabajo, guardada en gavetas, viajando en bolsones, a veces refundida en alguna caja de mudanza; una piedra que adquirí en la carretera a San Martín Jilotepeque (como memento de otra época y de otro viaje) de una niña indígena que en realidad quería venderme un envase de plástico de Pepsi lleno ahora con dos litros de gasolina, quizás diluida, quizás robada; una piedra obsidiana comúnmente llamada piedra de rayo o diente de rayo o dios del rayo o aun flecha de rayo, debido a la creencia ancestral de que tales piedras aparecen en los campos donde ha caído un rayo, pero que nosotros, de niños, con más economía y también más encanto, le decíamos piedra rayo. Y yo casi había olvidado la factura por completo, entre el desastre habitual de mi escritorio, cuando una noche, algunos días después, recibí una llamada de un número privado.

Soy Samuel Blum, me dijo una voz que de inmediato reconocí, y que de inmediato me perturbó.

Nos saludamos. Hablamos un poco. Me dijo que Regina le había dado mi número de teléfono, y yo primero me imaginé a Regina como una de esas señoras judías que, con terquedad, arreglan noviazgos y matrimonios, luego me pregunté por qué estaba ella insistiendo en ponerme en contacto con Samuel, en juntarnos de nuevo después de tanto tiempo. Me quedé callado y Samuel también se quedó callado y siguió un silencio largo y tedioso entre dos descono-

cidos o más precisamente entre dos adversarios, antes
de que Samuel me dijera —me ordenara— que nos
reuniéramos la noche siguiente, a las ocho en punto,
en Helmholtzplatz. Reunirnos para qué, pensé, y casi
se lo pregunto. Esa plaza quedaba del lado opuesto
de la ciudad, y estábamos en plena tormenta de nieve,
y yo no tenía nada que decirle a ese tipo que sólo
sabía ladrar órdenes.

Con gusto, le dije.

El doctor Kampf me puso una mano en la frente y me
dijo a través de su mascarilla color turquesa —en un
inglés enfurecido, con denso acento alemán— que no
me preocupara, que la operación saldría bien, que
contara despacio y en voz alta de diez a uno mientras
me imaginaba pastizales dorados meciéndose en la
brisa. Y en lo último que pensé antes de que la anestesia me cerrara los ojos fue que su nombre era el
nombre perfecto para el cirujano de un judío.

Un tumor. Yo siempre estuve convencido de que
tenía un tumor. Los primeros meses, me quedaba
acostado boca arriba en la cama o me desvestía por
completo ante el espejo y me palpaba el vientre durante un buen rato. A veces sentía algo. Otras veces
no sentía nada y suponía que simplemente me había

inventado la existencia de ese pequeño bulto. Pero la mayor parte de las veces me persuadía a mí mismo de que lo que sentía ahí no sólo continuaba creciendo, sino que era, sin duda alguna, un tumor. No me sorprendió. Ya dos personas me lo habían diagnosticado o vaticinado. En una aldea en las orillas del lago de Amatitlán, una sobadora maya, con su mano cadavérica sobre mi abdomen, me había dicho que algo ahí dentro estaba matándome. En realidad nunca llegué a saber si ella me lo había dicho o si yo soñé que ella me lo había dicho; aunque en aquel mundo, en aquel lago, palabras y sueños eran lo mismo. Durante otro viaje, estaba con una amiga en una cafetería de Tokio cuando un anciano médico japonés, sentado a nuestro lado en la barra, me pidió permiso para tomarme los pulsos (en plural) y luego colocó tres dedos en mi muñeca izquierda y dijo enigmáticamente que percibía ahí un pulso con el ritmo largo y tenso de la cuerda de un instrumento musical. Un pulso llamado xianmai, dijo en japonés, me tradujo mi amiga. Un pulso, dijo él y me tradujo ella, que pudiese estar señalando una desarmonía en mi vientre, tal vez en mi hígado o en mi bazo. El anciano dijo unas cuantas palabras más en japonés que mi amiga ya no quiso traducir y que yo no alcancé a comprender, desde luego, pero que me sonaron a las palabras finales y lapidarias de una condena.

El día de la operación, un taxista me había llegado a recoger muy temprano en la mañana para llevarme al hospital Martín Lutero. El doctor Kampf (o como solía referirme a él en privado, y una vez, por error, casi se lo digo en su clínica: el doctor Mein Kampf) me había pedido que por seguridad tomara un taxi, pese a que el hospital quedaba a unas pocas cuadras de nuestro apartamento. Que me quería ahí a las seis en punto, en ayunas, me había dicho, para hacer todos los preparativos de la breve cirugía ambulatoria, programada a las ocho.

El taxista, un turco bigotudo y con apariencia de viejo en la semipenumbra de la madrugada, me preguntó en inglés si iba al hospital tan temprano debido a una operación, y yo le dije que sí. Un tumor, le mentí con mueca de mártir y una mano sobre el estómago (resultó ser una combinación de hernia inguinal y piedras en la vesícula, o más bien una sola piedra enorme en la vesícula: ein großer Gallenstein, me había dicho el doctor Mein Kampf al verla en la pantalla del aparato de ultrasonidos, una piedra con el mismo diámetro, me dijo, que una pelota de pimpón). El taxista me preguntó si estaba nervioso y yo le dije que sí, en efecto, un poco nervioso, pero no tanto por la cirugía sino por la anestesia general, ya que la anestesia general, le dije, me había causado problemas y malestares en el pasado. Y el viejo taxista, tras hacer un extraño chasquido con la lengua (un chasquido en turco), guardó silencio hasta que llegamos al hospital y nos detuvimos delante de la puerta de entrada.

La anestesia es como el opio, me dijo en la oscuridad, volteado hacia atrás mientras recibía unos cuantos billetes y me miraba con la gravedad de alguien que sabe de lo que habla, de alguien que habla por experiencia propia, y yo me imaginé al viejo turco tumbado en el suelo de un concurrido salón de opio de Estambul. La anestesia es como el opio, me volvió a decir, y usted, señor, durante unas horas no tendrá problema alguno en la vida.

Nos encontramos a media plaza, bajo una nevada suave pero constante (los copos de nieve eran gránulos casi intocables de azúcar glas). Samuel llevaba puesta una gruesa parka negra con pelaje color trigueño alrededor del cuello. Me estrechó la mano, aunque sería más exacto decir que me entregó la suya, límpida y pringosa, con la palma hacia abajo, como si quisiese que yo se la besara. Solté su mano de molusco sin besársela y descubrí que, justo detrás de él, un hombre batallaba por caminar contra el viento —el pelo largo revuelto y alborotado, el gabán amarillento volando hacia atrás, el torso salpicado con ramas y tres o cuatro hojas secas—, aunque no había viento alguno. El hombre, por fin entendí, se había untado gel en el pelo para moldearlo; y llevaba algún tipo de estructura escondida en la espalda, debajo de su vestimenta, que elevaba el gabán y le daba la impresión de ondear como una bandera amarillenta en el aire; y se había adherido al torso las ramas y las tres o cuatro hojas secas con pegamento. Pero dentro del simulacro que era su ilusión, pensé aún mirándolo, el viento sólo existía a partir de los pasos difíciles y cansados del hombre. Su atuendo, aunque impecable, no era suficiente. Hacía falta la actuación. Hacía falta la batalla.

Samuel se puso a caminar sin decir nada y yo estoy seguro de que nunca supo de esa batalla que un hombre estaba librando justo detrás de él por unas cuantas monedas, a media plaza de la capital alemana, contra el viento y la nieve y posiblemente el universo entero. Pero casi de inmediato, sin disminuir el ritmo de sus zancadas y siempre esquivando mis preguntas con silencio o con monosílabos, Samuel empezó a hacerme una especie de interrogatorio que por momentos se sintió inapropiado, por momentos casi policial. Quiso saber desde qué fecha y con quiénes vivía yo en Berlín. Quiso saber qué estaba haciendo ahí, en qué trabajaba, con qué fondos, con qué papeles legales, en qué barrio de la ciudad residía, hasta cuándo pen-

saba quedarme. Luego, en susurros, como para que
ningún otro transeúnte lo escuchara, me preguntó
por los detalles de la vida berlinesa de mi hijo. Espe-
cíficamente, quiso saber cuatro cosas: si lo habíamos
llevado ya al Monumento a los Judíos Asesinados en
Europa, mejor conocido como el Monumento del
Holocausto (yo le dije que sí, aunque para un niño de
seis años las hileras de los cientos de cubos de hormi-
gón no fueron más que los dédalos de un grandísimo
laberinto donde jugar escondite con papá); si conocía
mi hijo la parte infantil del Museo Judío de Berlín (yo
le dije que por supuesto, que ya había corrido y ju-
gueteado ahí con los animales del Arca de Noé hechos tan ingeniosamente por artistas usando todo
tipo de objetos reciclados); si estaba mi hijo inscrito
en el colegio judío (yo le dije que no, que ni siquiera
sabíamos que en Berlín aún existía un colegio judío,
que él estudiaba en el colegio francés, un instituto
grande y espléndido, le dije, pero en cuya misma cua-
dra de Kurfürstenstraße, a cualquier hora de la mañana o de la tarde, desfilaban cuatro o cinco prostitutas demasiado jóvenes y demasiado delgadas y
probablemente búlgaras y a quienes mi hijo tomaba
por profesoras de su colegio); si ya conocía mi hijo la
historia de su bisabuelo polaco en Berlín (yo le dije
que sí, un poco, porque una mañana, caminando con
él hacia el colegio francés, vimos que todas las placas

de latón en las aceras habían amanecido con flores y veladoras y mi hijo me preguntó qué eran esas placas y yo tuve que explicarle que se llamaban stolpersteine y que estaban así porque ese día se conmemoraba el aniversario de Kristallnacht, y mi hijo me preguntó qué significaba stolperstein, y qué había sucedido durante Kristallnacht, y de quiénes eran los nombres escritos en las placas de latón, y por qué los alemanes habían matado a todos esos judíos, y por qué los alemanes también habían matado a la familia entera de su bisabuelo polaco, y mi hijo por fin dejó de hacerme preguntas y pareció entender o intuir algo y se pasó el resto del camino a su colegio hincándose ante cada placa de latón que encontraba en el suelo y tocándola con el dedo índice mientras me leía el nombre ahí escrito, para así, a su manera, le dije a Samuel, saludar y honrar a los judíos asesinados en Berlín, tocando sus nombres con un pequeño dedo de niño, pronunciando sus nombres en voz alta).

A partir de entonces las preguntas de Samuel se fueron tornando más y más extrañas, como si ya no formasen parte de un interrogatorio policial sino de uno psicológico, para determinar mi actual estado psíquico y emocional y aun religioso. Algunas, más que preguntas, parecían acertijos o adivinanzas. Otras, parábolas que yo debía explicar. Y otras, una versión en palabras de la prueba de tinta de Rorschach. Era como si Samuel me estuviese examinando para algo, pero yo no entendía para qué, ni por qué, ni tampoco me atrevía a responderle también con monosílabos o a simplemente mandarlo al carajo.

De pronto se detuvo a mitad de la acera. Colocó una mano en mi antebrazo y me preguntó qué tal me sentía en Berlín, y tras una pausa aclaró su pregunta: ¿Qué tal te sientes aquí en Berlín, Eduardo, como judío?

Llevaba yo unos meses viviendo en Grunewald, un distrito adinerado y bastante bucólico de la capital alemana, cuando vi pasar un zepelín.

Hay historias zepelín. Así lo describió el escritor cubano José Lezama Lima. Se mira pasar una historia, dijo, como se mira pasar un zepelín. Aunque es posible que Lezama Lima no lo haya dicho. También es posible que Lezama Lima no haya dicho una historia, sino un poema. Pero da lo mismo. El símil igualmente funciona.

Yo había sido invitado a pasar un año como becario en el Wissenschaftskolleg de Berlín, y aparte de dedicarme de lleno a mi propio trabajo, a mi escritura —me habían asignado, dentro de su sede en Grunewald, una oficina grande y lujosa y con vistas a un pequeño lago—, tenía muy pocas obligaciones. Debía dar una breve conferencia sobre mi trayectoria literaria; debía entregar, al final de la estadía, un informe de actividades (aunque terminé escribiendo una especie de cuento sobre Gleis 17, el monumento erguido en la estación de tren de Grunewald para honrar a los judíos transportados desde ahí a los distintos campos de concentración nazi, imaginándome que uno de esos tantos judíos parados en el andén pudo haber sido mi abuelo polaco); y también debía almorzar todos los días en el instituto con los demás becarios, como para incentivar y fomentar el intercambio de ideas. Un almuerzo en general sabroso, agradable, pero una rutina que me resultaba fastidiosa, ya que debía interrumpir mi trabajo en las mañanas para vestirme y alistarme y salir del apartamento que nos habían proporcionado durante el tiempo que duraría la invitación, en el último nivel de un magnánimo y antiguo edificio llamado Villa Walther (diseñado y construido en 1912 por el arquitecto Wilhelm Walther, quien cinco años después, consumido por deudas, se ahorcaría ahí dentro, en la torre principal), y caminar los quinientos metros sobre Koenigsallee para ir a comer y charlar en la sede del instituto con los otros becarios y los directores y algunos académicos.

El día de la reunión con Samuel, en pleno invierno

umbroso y nevado berlinés, me fui del apartamento al final de la mañana, refunfuñando. Hacía sólo un par de semanas que había regresado de París, y todavía me estaba costando, como siempre tras un viaje, recuperar el ritmo y el tenor de la escritura. Ese día me había entretenido más de lo usual, y salí del apartamento algo tarde y de mal humor, pues tuve que dejar a medias mi trabajo de la mañana (seguía dándole vueltas a una frase que no terminaba de funcionar). Un mal humor que sólo empeoró al abrirse ante mí la puerta del ascensor y sentir, nuevamente, una de las pestilencias más insoportables que he conocido en mi vida: una mezcla casi tóxica de azufre y sudor de axila y algo en proceso de putrefacción. Me cubrí la boca y la nariz lo mejor que pude con el brazo y, mientras descendía los cuatro niveles con lágrimas en los ojos, hice el cómputo de quién pudiese ser el becario que se atrevía a salir de casa y meterse al ascensor todos los días sin haberse bañado y sin la mínima consideración por sus vecinos (hoy me avergüenza un poco admitir que, pese a haber tenido en mente a dos o tres candidatos posibles, un mediodía pude comprobar en persona que la pestilencia diaria en el ascensor no era causada por un becario, sino por un viejo perro del edificio que sufría de dermatitis severa, y cuyos dueños lo sacaban a caminar justo antes de las doce).

Tras un descenso que me pareció eterno, finalmente se abrió la puerta y me apuré a salir del ascensor y luego a salir a la calle y me puse a caminar sobre la acera de Koenigsallee mientras aspiraba grandes bocanadas de aire fresco y helado. Unas adolescentes, de pie en la esquina, esperaban el autobús. Un señor con saco y corbata leía el periódico sentado en una banca. Dos hombres mayores tenían piochas y palas en sus manos y estaban abriendo una hilera de hoyos en un pequeño lote de tierra pública, probablemente para sembrar papas. Saludé a los dos hombres con un movimiento de la quijada y seguí caminando sobre la acera de Koenigsallee, aún percibiendo o quizás imaginando el hedor en mis fosas nasales y también maldiciendo al desconocido y desconsiderado culpable, cuando de pronto, a unos quince o veinte metros de distancia, vi una mácula rojiza cruzando la calle.

Primero pensé que era un perro. Luego, por su tamaño, pensé que era un gato. Luego, por su manera lenta y dificultosa de andar, volví a pensar que era un perro, aunque uno viejo y macilento. Pero noté que su cola no podía ser la cola de un perro; demasiado grande y densa. Me quedé quieto sobre la acera, como para verlo mejor, y de golpe entendí que el animal era un zorro, y que tenía elevada una de sus patas delanteras, evidentemente herida. Estaba renqueando. Avanzaba tan despacio hacia mi lado de la calle que un Mercedes debió bajar la velocidad para darle paso. Y yo tuve suficiente tiempo para observarlo mejor: su hocico blancuzco, su nariz como un botón negro, sus patas más oscuras que el resto del cuerpo, su mirada asustadiza y celeste. No era anormal encontrarse con un zorro en nuestro barrio de Grunewald, lleno de bosques y jardines y riachuelos y una serie de lagunas y lagos; pero sí me sorprendió encontrarme con uno a esa hora del día (en general se les veía por la noche o muy temprano en la mañana, volviendo a sus madrigueras). Después de mucho esfuerzo, el zorro por fin llegó a la acera donde yo estaba parado y, aún a quince o veinte metros de distancia, y con su patita delantera en el aire, dirigió su mirada hacia mí. Nos observamos durante un segundo, tal vez ni siquiera eso —en su mirada celeste no había miedo alguno—, antes de que el zorro se metiera en el jardín de una casa y desapareciera entre unos arbustos.

Media hora más tarde, mientras comía unas bolas de carne y alcaparras servidas sobre una espesa salsa blanca (Königsberger Klopse, se llama la receta clásica, de origen prusiano), y acaso recordando la charla de hacía unas semanas con Regina en París y también anticipando la inminente reunión de esa misma noche con Samuel, empecé a contarle a un grupo de becarios y académicos alemanes boquiabiertos de la vez que, a los trece años, yo había sido prisionero en un falso campo de concentración nazi.

Y me quedé mirando cómo alto, aún lejos, volaba un zepelín.

Estábamos ahora de frente. La mano de Samuel seguía en mi antebrazo. Advertí que la piel de su rostro era tan pálida que en la noche parecía teñida con alguna tintura fosforescente.

Yo sabía la respuesta que él quería escuchar: que un judío jamás se siente tranquilo en Berlín, que un judío deambula por Berlín con un miedo primitivo y heredado, como si estuviese caminando por un museo del exterminio o por un inmenso campo de concentración o por un terreno minado —lo cual, durante mis caminatas, se sentía exactamente igual—, esquivando los monumentos y los monolitos y las placas conmemorativas puestas en las paredes de los edificios y empotradas en las aceras, y mirando los rostros de los más jóvenes y más rubios y automáticamente imaginándolos uniformados de nazis, y mirando los rostros de los más viejos y cuestionando qué hicieron ellos o sus familiares durante aquellos años, si mataron, si facilitaron, si consintieron, si delataron, si permitieron que sucediera, si elevaron al cielo una mano derecha, esa mano derecha que ahora inocentemente sostiene un bastón o un paraguas, en nombre de la xenofobia y del odio. Pero no dije nada.

Y quizás Samuel interpretó mi silencio como complicidad o traición porque soltó mi antebrazo y reanudó sus pasos en la nieve y me dijo que no olvidara que muchos ahí todavía nos consideraban, citando las palabras de Hitler, la tuberculosis racial de los pueblos. Deutschland über alles, exclamó con cuanta pomposidad pudo concederle a su mal alemán. Luego extendió los brazos hacia los lados, como abrazando todo a nuestro alrededor, y dijo que hacía tiempo que Dios se había marchado de Berlín. Luego me preguntó por mi abuelo polaco, y yo, algo sorprendido ante su pregunta pero por alguna razón también recordando el entierro de mi abuelo una mañana de lluvia, le dije que hacía años que había muerto en Guatemala. ¿Y qué crees tú, Eduardo, que hubiese pensado él si supiera que su nieto no sólo estaba viviendo ahora en Berlín, sino trabajando dentro de lo que antaño había sido una de las oficinas de la Luftwaffe de Göring, en Grunewald? Medio confundido, le dije que no sabía de qué estaba hablando. Samuel, entonces, casi con fruición, me explicó que el actual edificio del Wissenschaftskolleg había sido antes la sede de la Reichsluftschutzbund, o la Liga Nacional para la Protección contra Ataques Aéreos, de la Luftwaffe. Ves, Eduardo, me dijo el fantasma blanco que era Samuel en la noche, a lo mejor estás escribiendo tu próximo libro en el escritorio mismo de Göring.

Cuando finalmente nos detuvimos, no sé si diez minutos o dos horas después, me sentía tan agotado y mareado que me demoré en comprender que estábamos ahora en un barrio mucho más sombrío, un barrio del hampa berlinés, delante de una puerta pintada de negro. En el centro de la puerta había un pesado picaporte de bronce con forma de garra de león, que Samuel de inmediato golpeó tres veces, como si fuese una llamada secreta. Colgado encima de la puerta brillaba un rótulo de luces fluorescentes rosadas y rojas. Die Seidenorchidee, decía en letras cursivas. La orquídea de seda.

Yo estaba de pie al lado de mi padre, ante el hoyo abierto en la tierra en cuyo fondo reposaba el ataúd de mi abuelo. Había un pequeño y frágil toldo de nailon negro encima del hoyo, tipo carpa, que se hamaqueaba con cada golpe de viento, y que parecía a punto de derrumbarse por el peso del agua estancada en la parte superior.

Era un domingo lluvioso y con el cielo gris mate y apenas cabían en el cementerio judío tantas personas

vestidas de negro, tantos paraguas negros. Tres señores con traje y corbata miraban la escena desde fuera,
a través de las ranuras de un cerco de alambre. Al
entrar le había preguntado a mi padre quiénes eran
esos tres señores y qué hacían ahí fuera y él me había
explicado en susurros, mientras caminábamos hacia
el hoyo abierto en la tierra, que los judíos de la tribu de los kohén (descendientes varones directos de
Aarón, hermano de Moisés, llamados kohaním) tienen prohibido ingresar a un cementerio judío, acer-
carse a un cadáver, estar en contacto directo con la
muerte, pues la muerte, según señala la ley talmúdica,
los volvería impuros. De ahí viene la tradición de
dejar piedras sobre una tumba, me susurró mi padre,
ahora señalando las pequeñas piedras que otros visi-
tantes habían colocado encima de otras tumbas. Para
así, me susurró, advertirles desde lejos a los hombres
de la tribu de los kohén que caminaban por el de-
sierto, anunciarles la presencia de la muerte. Mi padre
se quedó callado y yo no quise preguntar más. No
quería hablar más. No quería estar ahí. El duelo por
mi abuelo polaco, pese a todo, lo sentía y llevaba
por dentro, no en público, entre tantos conocidos y
desconocidos trajeados de negro.

El rabino, un señor calvo y gordo y con una espesa
barba pelirroja y desgreñada, seguía proclamando no
sé qué rezo en hebreo. Mi abuela estaba en una silla

de ruedas, ausente, dopada, con un vendaje color piel amarrado alrededor de su rodilla izquierda. Mi madre, al lado de sus tres hermanos, lloraba a su padre. De pronto el rabino paró de rezar y el hermano mayor de mi madre dio un paso tímido hacia delante. Tenía una rasgadura en su camisa blanca a la altura del pecho, sobre el corazón, cumpliendo así con la antigua costumbre de luto que inició el patriarca Jacob, me había explicado mi padre aún en la funeraria, quien rasgó su vestidura cuando le dijeron (para engañarlo) que un animal salvaje había matado a Rubén, su hijo primogénito; y al igual que hizo el rey David, continuó explicándome, cuando se enteró de que habían fallecido en una batalla su suegro Saúl y su amigo y cuñado Jonatán; y al igual que hizo Job, me terminó de explicar, cuando supo que diez de sus hijos habían muerto enterrados al derrumbarse sobre ellos el techo de su propia casa. Pero no obstante los tres ejemplos bíblicos y perfectamente válidos que me había ofrecido mi padre, yo seguía sin comprender el motivo de ese gesto tan insólito y hasta violento, en el cual un hombre serio va por el mundo con su camisa blanca rota y deshilachada, como con el corazón expuesto.

El hermano mayor de mi madre se agachó con dificultad. Agarró un puñado de tierra negra y lo lanzó sobre la tapa de madera del ataúd. Yo jamás había escuchado un sonido así de seco y arcaico. Después los otros dos hermanos de mi madre hicieron lo mismo, de uno en uno, con sus camisas blancas igualmente rasgadas. Cada golpe de tierra sobre madera sonaba a un suspiro gutural, doloroso, cuyo eco quedaba retumbando ahí en el cementerio, entre nosotros. Mi madre casi se cae al agacharse y sus tres hermanos tuvieron que sostenerla y ayudarla a lanzar un puñado de tierra. Sus sollozos aumentaron.

Yo cerré los ojos, probablemente para no ver a mi madre llorando, aunque también para que todas las personas creyeran que yo rezaba o sufría en silencio, cuando en realidad ya no quería ver nada más. Y así, en un instante, con los ojos aún cerrados, me imaginé una vida entera. Mi abuelo de niño en una calle de Łódź, jugando dominó con sus hermanos y amigos. Mi abuelo de adolescente, vestido de prisionero en Auschwitz, en Neuengamme, en Sachsenhausen cerca de Berlín. Mi abuelo de adulto, demacrado y escuálido y con la dentadura podrida tras haber pasado seis años en campos de concentración, viajando primero de Berlín a Saint-Nazaire, luego de Saint-Nazaire a Nueva York, donde compró con sus pocos ahorros un anillo de piedra negra como símbolo de luto por sus padres y hermanos y amigos y demás asesinados en guetos y campos de concentración, y luego, sólo porque ahí había emigrado uno de sus tíos

lejanos antes de la guerra, de Nueva York a una Guatemala para él extraña e inhóspita. Mi abuelo de me-
diana edad en su fábrica de ropa infantil en el Pasaje
Savoy, en el centro de la capital guatemalteca, de pie
ante una enorme máquina de coser, un alfiler prensado entre los labios, una cinta métrica colgándole
del cuello, las mangas de su camisa arremangadas, el
número de cinco dígitos en su antebrazo izquierdo ya
algo incoloro y desdibujado y hasta casi olvidado,
porque con los años se había ido disipando no sólo
su tinta sino también su potencia. Mi abuelo ya convertido en abuelo y sentado en el sofá de su sala y
tomando sorbos (siempre con una cucharita) de un
café instantáneo bastante ralo mientras me decía tarde temprano, así, tarde temprano, en vez de tarde o
temprano, como si al aprender a hablar español hubiese decidido que esa conjunción era innecesaria, o
como si supiera que en la vida todo incidente y todo
acto y todo gesto sucede demasiado tarde para alguien y también demasiado temprano para alguien
más, o como si el pasado y el futuro para él existiesen
no separados, no en lados opuestos de la línea del
tiempo y de otra palabra, sino unidos en un mismo y
cálido aliento. Mi abuelo ahora boca arriba en el interior oscuro del ataúd, vestido con una última túnica
blanca, finalmente en paz dentro de la mortaja de lino
que era esa última túnica blanca, pero pegando un

brinco cada vez que la tapa de madera tronaba sobre él.

Percibí que mi padre se movió un poco. Abrí los ojos y lo vi medio agachado y arrojando un puñado de tierra en el hoyo. Después volvió a pararse a mi lado y se inclinó hacia mí y en un susurro me ordenó que hiciera lo mismo. Me tocaba. Yo era el nieto mayor de mi abuelo. Era mi deber. Era mi turno de participar y ayudar a enterrarlo, literalmente. Pero me quedé quieto, como estancado, hasta que logré balbucearle a mi padre que no lo haría. Él alzó la mirada. Todos los demás también alzaron la mirada.

No puedo.

Apenas me escuché a mí mismo decirlo.

¿Cómo que no puede?

No puedo, repetí.

El pecho me ardía. La boca me ardía. Un murmullo empezó a crecer entre la gente, entre tantos familiares y amigos y desconocidos y socios y empleados de mi abuelo que me miraban ahora con una mezcla de fascinación y perversidad (como descubrir una cicatriz a lo largo de la muñeca de alguien). No conseguían entender mi rechazo a ser partícipe de aquella tradición, de aquel espectáculo. Aunque quién sabe. Tal vez algunos lo entendían mucho mejor que yo.

Mi padre se giró hacia mí. Su frente estaba perlada de gotitas de sudor o quizás de lluvia. Y despacio, discreto, me dijo algo en un soplo de voz que nadie más pudo escuchar ni comprender. No por su tono tan bajo y casi inaudible, sino porque lo había dicho en un lenguaje que sólo hablábamos él y yo. Un lenguaje privado, secreto, de padre e hijo. Entonces tomé un par de pasos hacia delante y me agaché y metí mis dedos en el montículo de tierra negra y húmeda y dejé caer una bola de lodo sobre mi abuelo.

¿Quieres verla?

Tenía una mano entre la solapa de su chaqueta de cuero falso y buscaba algo ahí dentro y a mí me costó entender que lo que me estaba ofreciendo era mostrarme la Luger, posiblemente la misma, que había conservado y cuidado durante tantos años y que ahora tenía enfundada debajo de su chaqueta de cuero falso. Samuel, conjeturé no sin algo de miedo, era el tipo de hombre que iba siempre armado. Pero de repente sacó su mano y me encañonó con esa mano en forma de pistola y, diciendo pau pau, me disparó dos tiros en el pecho. Luego sopló el humo invisible que salía del cañón de su dedo índice mientras soltaba una risa picante y guasona que a mí me sonó al cacareo de un gallo.

Había huido sin un propósito. Sin saber hacia dónde me dirigía. Ni siquiera lo había pensado antes. Fue un impulso, por llamarlo de alguna manera, acaso el mismo impulso que me había hecho huir el primer día, durante el paseo y la perorata de Samuel en el riachuelo, y también el mismo impulso que me empujaba a huir de la casa de mis padres y del orbe de mis padres. Aunque los acontecimientos de aquel día se mantienen rabiosamente diáfanos y frescos en mi memoria (todavía logro ver y sentir y hasta oler todo, casi minuto a minuto, como si lo que sucedió y lo que aún estaba por suceder me hubiese sucedido ayer mismo), sigo sin entender por qué salí corriendo hacia el bosque. Sólo puedo decir que apoyado en el tronco del árbol grande y añoso, y mirando el campamento hacia atrás, me invadió la sensación profunda y categórica de que necesitaba escapar, de que no podía seguir ahí. Supongo que ante la adversidad algunas personas luchan de vuelta, y otras más cobardes salen huyendo hacia el bosque.

Y yo seguí corriendo por el bosque hasta que dejé de escuchar gritos y pasos a mis espaldas y me di cuenta de que había encontrado el sendero que ascendía. Se me ocurrió que, si continuaba caminando montaña arriba por ese sendero, eventualmente llegaría a la misma pradera donde habíamos pasado un día con Samuel aprendiendo y practicando técnicas de sobrevivencia. Conocía ya el camino, y conocía bien esa pradera, una pradera que además era frecuentada por personas que acampaban y que podrían ayudarme y llamar a mis abuelos o hasta tal vez llevarme de vuelta a la ciudad. Además, habíamos dejado un refugio hecho de ramas y hojas y techo de corteza de cedro, por si empezaba a llover o por si me sorprendía la noche y tenía que dormir a la intemperie.

Me puse a caminar montaña arriba, entonces, con la estrella amarilla aún atada alrededor de mi brazo izquierdo, a la altura del corazón. Pero en poco tiempo el bosque se cerró a mi alrededor y el sendero desapareció bajo mis pies y empecé a caminar como un sonámbulo entre los árboles.

❖

Llegué a un terreno árido y mal sembrado con maizales y bejucos y unos pocos árboles llenos de frutos amarillos que probablemente eran nísperos o jocotes. Había un señor con sombrero de vaquero y botas de vaquero caminando de un extremo al otro del terreno, apenas esquivando troncos y arbustos. En cada mano sostenía una varita delgada, verdosa, medio torcida, y estaba apuntando las varitas hacia delante como si fuesen dos espadines. No sabía o no le importaba que yo anduviera por ahí, observándolo desde la distancia. No había siquiera alzado la mirada en mi dirección. Al inicio, quizás por su andar zigzagueante e inseguro, yo pensé que estaba borracho. Luego pensé que era un ciego y que las dos varitas medio torcidas eran sus bastones de ciego. Pero conforme me fui acercando entendí que no era un borracho ni tampoco un ciego sino que tenía los ojos cerrados, que estaba tambaleándose sobre el terreno con los ojos cerrados, como buscando algo a tientas, dejándose guiar por esas dos varitas que temblaban y se arqueaban y se movían ligeramente en sus manos y que parecían estar indicándole el camino. Seguí caminando cuesta arriba con pasos rápidos y asustados.

✳

Lejos, del otro lado de una hondonada, había una serie de árboles pequeños y oscuros en el costado de la montaña, ordenados ahí de la misma forma que una jauría de animales. Entre ellos caminaba un niño campesino con sandalias de cuero y caucho, pantalones de lino blanco y una vieja camisa de botones que le tallaba demasiado grande y floja. Tenía algo en la frente, a lo largo de la frente, que aparentaba ser una cinta adhesiva o un vendaje ya ajado y sucio. Llevaba a sus espaldas un racimo de leños atados con un lazo de fibra de maguey, y cuyo peso, finalmente alcancé a comprender, el niño soportaba en la frente, con la ayuda de ese vendaje largo que no era más que la continuación del lazo de maguey. Me quedé mirándolo caminar desde el otro lado de la hondonada hasta que el niño y su racimo de leños se hundieron por completo en el verdor de la montaña. Tendría mi misma edad.

Una joven mujer indígena estaba arrodillada junto a una mata de café. Tenía los brazos extendidos hacia los lados, palmas hacia arriba. La piel de su cara se confundía con el color de la tierra. Masticaba algo despacio, con abandono. Sobre su hombro derecho, casi surgiendo desde el interior de su hombro derecho, apenas se distinguía el rostro pálido y redondo de un bebé, medio adormecido y bien amarrado a la espalda de la mujer con una frazada tejida de celestes y verdes. Cerca de sus pies, en la tierra, reposaba un tecomate añejo y abollado, a lo mejor con agua o con atol de elote o de plátano, y también un canasto de carrizo lleno de los frutos rojo cereza de la mata de café. De pronto la mujer indígena se llevó una mano a la boca y se sacó lo que había estado masticando y procedió a meter ese bodoque pequeño y verduzco en la boca del bebé al igual que un pájaro alimentando a su pichón. Luego levantó la mirada y me descubrió parapetado detrás de un tronco y me gritó un insulto que no entendí pero que me obligó a escabullirme entre los matorrales. Me volví una última vez. La mujer indígena seguía ahí, arrodillada, descalza, con sus brazos rígidos y morenos de nuevo extendidos hacia los lados como si estuviese rezándole a algo, posiblemente a la mata de café.

Un animal pequeño y color marrón salió corriendo delante de mí y desapareció entre unos arbustos. Una musaraña, adiviné, dando un brinco. Aunque también pudo haber sido un tepezcuintle.

Pasé al lado de una cruz hecha con dos garrotes de madera vieja. Estaba bien clavada entre el pasto, marcando el punto exacto de la montaña donde algún día alguien había caído muerto. Sobre uno de los garrotes de madera, alguien más había tallado con una navaja un nombre ya ilegible y olvidado.

Creí escuchar el suave fluir de un arroyo y me puse a caminar colina abajo entre los árboles, buscándolo. Pero pronto percibí un fuerte tufo y pensé que quizás cerca del arroyo rondaba una familia de jabalíes y mejor volví a subir deprisa entre los árboles.

✣

Me detuve a descansar un poco. Apoyé la mano en una rama y sentí que algo me picó en el pulgar y sacudí rápido la mano y ya no supe qué me había picado, si una abeja o un tábano o un alacrán o alguna especie ponzoñosa de araña (imaginé, naturalmente, los colmillos de una enorme tarántula). Mi pulgar de inmediato se puso rojo e hinchado.

Empezó a caer una llovizna negra, etérea, que no mojaba, y yo seguí caminando y tardé unos segundos en comprender que no eran gotas de lluvia sino diminutas hojuelas de hollín. Un campesino quemando su basura en medio del bosque. O tal vez un finquero del altiplano quemando su cultivo de caña de azúcar para la zafra.

A lo lejos, creí detectar el sonido de un hacha cortando leña y emprendí camino en esa dirección, esperanzado, hasta que oí lo que me pareció ser la detonación de un disparo en la indolencia de la tarde, y ya no se escuchó nada más. Me quedé quieto, como si la bala pudiese detectar mi movimiento y cambiar de trayectoria en pleno aire y encontrarme entre los árboles y matarme. Mi único miedo hasta ese momento había sido poner el pie por accidente sobre una culebra venenosa, sobre un cantil o una coral o una barbamarilla o una cascabel bien camuflada entre ripio y hojas secas. Ahora, sin embargo, sentía otros miedos.

Me apresuré a volver sobre mis pasos, arrepentido y espantado y todavía creyendo oír el eco de la detonación en el bosque. Intenté encontrar de nuevo al niño con los leños a cuestas o al señor de las varitas y las botas de vaquero o a la mujer indígena rezándole a la mata de café, para que alguno de ellos me orientara, para pedir ayuda. También intenté encontrar un sendero montaña abajo que me llevara de regreso al riachuelo o, con suerte, al campamento. Pero no había sendero alguno. No había nadie. Hacía horas, dos o tres o quizás más, que no había nadie.

El sol estaba por ocultarse del otro lado de la montaña. Se escuchaba ya el chirrido ensordecedor de tantos murciélagos. O a eso sonaba. Eso creí escuchar. Como si todos los murciélagos del bosque hubiesen salido volando de sus cuevas y escondites al mismo tiempo para emitir juntos un solo chirrido agudo y ensordecedor.

Estaba confundido, mareado, con mis pensamientos incoherentes y dispersos. Me sentía débil. Apenas había dormido un par de horas la noche anterior y mi único alimento en todo el día había sido medio cucharón de sopa color manteca. Me dolía cada vez más el pulgar, que tenía ahora un tinte entre verde claro y morado. Me pesaban los pies y las piernas. Me ardía la garganta, sin duda por la sed. Me invadían ráfagas de calor seguidas por ráfagas de frío, como si estuviese afiebrado. ¿Estaba afiebrado?

La luz había perdido ya todo su resplandor y las sombras empezaban a alargarse y en eso se me ocurrió que mi propia sombra deseaba separarse de mí, que ya no quería acompañarme en la montaña, y me puse a hablarle a mi sombra en voz alta para convencerla y retenerla un rato más. Sombra, nombré a mi sombra.

Me pareció escuchar ruidos a mis espaldas y apuré mis pasos no sin cierta paranoia, seguro de que alguien o algo me venía persiguiendo. Y continué caminando así, con prisa, como huyendo de un perseguidor aún anónimo, hasta que de pronto creí pasar por segunda vez al lado de un mismo pastizal y luego pasar por segunda vez al lado del mismo árbol, un encino carcomido cuyo tronco se dividía en dos, al estilo de una gigantesca horquilla, y supe que estaba caminando en círculos. Estaba perdido.

Me derrumbé junto al encino y me acosté en posición fetal y cerré los ojos como para hacer desaparecer el bosque entero o el mundo entero y, ya llorando, me quedé dormido.

Soñé con mi padre. Han pasado muchos años, y aunque me es imposible recordar todos los detalles de aquel sueño breve y febril, recuerdo claramente sus imágenes, sus palabras, su intensidad, hasta recuerdo su sabor. Hay sueños que dejan un sabor. Hay sueños que ya jamás nos abandonan, como si continuásemos dormidos y soñándolos durante el resto de nuestra vida.

Soñé que estábamos caminando mi padre y yo por un bosque lleno de luz. Él estaba vestido con pantalones negros y saco negro y corbata negra y sombrero negro. Yo era pequeño y lo miraba hacia arriba y le preguntaba adónde íbamos. Pero mi padre, sus pasos firmes, su expresión severa, su mirada siempre hacia delante, no me respondía. No me decía nada. Yo sentí miedo y metí mi mano de niño en su mano de padre y su mano ahora no era la suya y mi padre no era mi padre sino un desconocido. Seguimos caminando entre los árboles y yo le pregunté al desconocido dónde estaba mi padre y el desconocido me miró hacia abajo por primera vez y, sin detenerse, me dijo que él era mi padre, que él siempre había sido mi padre, y yo entonces me desperté.

No sé cuánto tiempo llevaban parados ahí los dos hombres, machetes en mano, mirándome.

Parabellum, dijo Samuel al terminar de reírse. Así se le llamaba a la Luger.

Otra tailandesa muy joven, vestida con la misma minifalda de lona y la misma playera sin mangas, salió por la cortina de abalorios cargando una pequeña bandeja con dos vasos de ron. Venía acompañada por un señor que también parecía tailandés, quien de inmediato dio media vuelta y volvió a desaparecer tras la cortina. Y yo empecé a preguntarme qué había del otro lado de esos abalorios de plástico verde. No terminaba de entender si estábamos en un bar (todas las paredes pintadas de rosado pálido, música de flauta de Pan en el fondo, luces de discoteca, una bola de espejos colgada en el techo), o en una cafetería (menú grande y plastificado sobre la mesa, junto a una vela blanca sin encender, y aromas de ajo frito y salsa de pescado y vainilla y hierba de limón), o en un salón posiblemente ilegal de masajes tailandeses (un segundo menú plastificado sobre la mesa, aunque no tan grande, con ilustraciones de mujeres posando semidesnudas; 30 minuten für 30 euro, escrito a mano en la parte inferior, en una letra florida). Acaso todas las anteriores, se me ocurrió, como si fuese una pregunta de opción múltiple, y me quedé mirando a la señorita caminar hacia nosotros y sonreír y dejarnos enfrente dos vasos pequeños estilo tumblers o chatos y llenos hasta la mitad con un ron dulzón y color miel muy típico tailandés, me había dicho Samuel al nomás sentarnos y pedirlo para ambos sin preguntarme, llamado SangSom. Yo aún no me había terminado el primero.

Si vis pacem, para bellum, declamó él con una voz ronca y dilatada, como si tuviese la boca llena de piedrín.

Se abrió la puerta principal y entró un ventarrón de noche y aire helado y copos de nieve y también entraron dos hombres mayores con abrigos de lana azul marino. Uno de ellos llevaba puestas unas gafas casi caricaturescas, de marco negro y circular y exageradamente grueso, y yo, aún mirándolo con asombro, especulé que se había escapado a medio examen de la clínica de algún oftalmólogo. Los dos hombres bajaron las gradas (estábamos en una especie de sótano o subsuelo, sin ventana alguna) y se quitaron los abrigos de lana y aflojaron un poco los nudos de sus corbatas y se fueron a sentar a la mesa más esquinada.

Alguien como tú seguro conoce esa máxima latina, ¿no?, dijo Samuel, con tono ahora arrogante, pero no me dejó responderle. Si deseas la paz, prepara la guerra, tradujo. Una frase erróneamente atribuida a Julio César, continuó, que en realidad fue redactada por Vegecio, un escritor romano de temas militares. Samuel puso los codos sobre la mesa y se inclinó hacia delante y, tal vez por su expresión, tal vez por su mirada de pronto más celeste o menos celeste, pensé que estaba a punto de lanzarme el resto de su ron a la cara. Aunque enseguida pensé que valoraba demasiado su ron para desperdiciarlo en un gesto tan irracional. Si deseas la paz, prepara la guerra, repitió más despacio, deteniéndose después de cada palabra, dejando así que cada palabra viajara sola de un lado al otro de la mesa. Pero eso, susurró con aliento de muerto, no puede entenderlo alguien como tú.

Me eché hacia atrás en la silla, alejándome lo más posible de él y de su arrogancia y de su aliento de muerto.

¿Entonces eso estabas haciendo, Samuel? ¿Preparando a los niños para la guerra?

Una tailandesa salió por la cortina de abalorios cargando una bandeja enorme y redonda. Caminó descalza hacia los alemanes con saco y corbata y les dejó en la mesa dos cuencos de sopa humeante.

Samuel, inquieto, a lo mejor también molesto ante mi provocación, esperó a que ella escapara hacia ese otro reino oculto y furtivo más allá de la cortina de abalorios.

Dime, Eduardo, musitó para que nadie más lo escuchara, ¿quién crees que por las noches sale a borrar y a quitar todo el grafiti de esvásticas en las calles y las paredes? ¿Y quién crees que se hace cargo de tantas amenazas antisemitas que reciben los judíos de la comunidad de Bogotá o la de Buenos Aires o la de México? ¿Y quién crees que va a los mercados de pulgas de París y a las tiendas de antigüedades de aquí en Berlín para encontrar y denunciar a los que ilegalmente siguen queriendo lucrar con reliquias del Tercer Reich? ¿Y quién crees que vigila todas las sinagogas y las escuelas judías, cuidando las puertas y los puntos de acceso, revisando si en la noche algún loco de mierda no ha dejado una bomba debajo de un pupitre o de una butaca?

Yo sabía la respuesta. Pero no se la dije.

❧

Bitajón. O seguridad, en hebreo. Así se llama el servicio secreto de seguridad e inteligencia de una comunidad judía, conformado y dirigido por algunos de sus miembros en cada país —en todo país—, aunque nadie sabe quiénes. Es estrictamente clandestino. Y también estrictamente militar. Sus integrantes son reclutados en la adolescencia y en absoluto secreto (incluso sin que los propios padres lo sepan), y luego, durante dos o tres años, preparados psicológicamente y puestos a prueba y entrenados en métodos de inteligencia, en técnicas antiterroristas, en combate cuerpo a cuerpo, en el sistema israelí de tácticas de lucha y defensa personal conocido como krav magá.

Según supe mucho después del campamento, Samuel, en los años ochenta, fue uno de los dirigentes y soldados latinoamericanos más radicales de Bitajón. Algunos decían que también había sido un militante secreto del movimiento sionista de extrema derecha llamado Betar, fundado en 1923 por el letonio Vladímir Jabotinsky. Otros decían que había sido entrenado directamente por agentes del Mossad, la agencia de inteligencia del Estado de Israel a cargo de acciones encubiertas, espionaje y contraterrorismo a nivel mundial. Aún otros decían que, tras su servicio militar en Israel, había estado un tiempo en Sayeret Matkal (también llamada Unidad 269), la principal unidad de élite de las fuerzas armadas israelíes. Y otros más audaces decían que no había formado parte de Sayeret Matkal, sino de Shayetet 13, el temido es-

cuadrón de fuerzas especiales israelíes cuyos integrantes son conocidos como los hombres del silencio, y
cuyo lema es éste: cuando el murciélago emerge de la
oscuridad, cuando la cuchilla corta con el silencio,
cuando la granada explota con rabia.

Ahora, sentados a un metro de distancia en un bar
o quizás un burdel tailandés de Berlín, y a partir de
sus respuestas crípticas y sucintas, yo supe que Samuel Blum todavía formaba parte de Bitajón, que
seguía siendo uno de sus dirigentes y soldados. Aunque él jamás me lo dijo, por supuesto, y jamás me lo
hubiese admitido. Pero no me fue nada difícil imagi-
nármelo trabajando en secreto con distintas comu-
nidades judías, protegiendo sinagogas y escuelas en
cualquier localidad del planeta, persiguiendo y ca-
zando a neonazis y antisemitas y fanáticos extremis-
tas, entrenando a miembros y posibles reclutas en
distintas ciudades latinoamericanas y europeas, como Berlín.

Durante años pensé que había sido un mal sueño, me
apuré a decirle en vez de responder su pregunta.

Un mal sueño de niños, dijo mordaz.

Es que eso éramos, Samuel, unos niños. Hay algunos que aún no quieren o no pueden hablar de aquel

día. Y otros que lo suprimieron tanto que casi lo han olvidado. Muchos no lo soportaron.

Como tú, me lanzó con el filo de un dardo.

Sí, como yo, pero también otros niños y varios instructores y hasta algunos padres, le dije, aludiendo a las amenazas legales de un grupo de padres —que incluía a los míos— al enterarse con sorpresa de lo que había acontecido aquel día en el bosque.

Samuel hizo una mueca entre altanera y desdeñosa. Estaba sonriendo a medias: una sonrisa triunfal, una sonrisa llena del mismo orgullo y la misma prepotencia que décadas atrás, una sonrisa que seguía burlándose de mí y de todos los demás débiles que según él no lo habíamos soportado.

Una señora tailandesa salió por la cortina de abalorios. Aunque mirándola caminar despacio hacia nosotros, me pareció que era más bien un hombre tailandés con atuendo y maquillaje de señora. O una señora tailandesa con las facciones y el bigotillo y hasta el andar de un hombre. En cualquier caso, estaba vestida con lo que supuse era un traje tradicional de su país, muy elegante, de sedas rojas y amarillas y unas cadenas de lentejuelas de oro. Y mientras yo seguía especulando si era la administradora del lugar o la dueña o la madame, ella por fin llegó hasta la mesa a nuestro lado y se sentó sin siquiera mirarnos y empezó a colocar unos naipes sobre el mantel, en filas rectas, todos volteados hacia abajo. Yo tardé unos instantes en comprender que no eran naipes de juego sino cartas de tarot.

Samuel me seguía sonriendo. Una solitaria vena color plomo palpitaba en su sien.

¿Y era necesaria tanta violencia?, le pregunté.

Imprescindible.

¿También era imprescindible hacernos sangrar?

Nadie sangró.

Varios sangraron, repliqué. A un niño lo derribaste desde atrás y quedó tumbado, inconsciente. A otro niño le aplastaste la cara contra la tierra.

Eso nunca pasó, dijo con calma, no sé si displicente o sincero. Pero da igual, continuó. Derramar un poco de sangre siempre es bueno.

Y yo entonces agarré mi vaso de ron y tomé un trago demasiado largo y empecé a hacerle preguntas a Samuel.

⁂

Le pregunté por los uniformes de los instructores y él me dijo que habían sido simples uniformes de obrero, hechos de un tejido de poliéster negro y denso, comprados en una pequeña fábrica de textiles sobre la avenida Petapa especializada en elaborar trajes y vestimentas profesionales.

Le pregunté por la bandera nazi que habían izado esa mañana en el claro en el bosque y él me dijo que eso no fue así, que me lo estaba inventando o que lo recordaba mal, que ninguno de ellos jamás se hubiese atrevido a colgar ahí una bandera nazi.

Le pregunté por los brazaletes con esvásticas y los brazaletes con estrellas amarillas y él me dijo que los había confeccionado todos una costurera en el centro, una señora mayor y bastante desenterada que para ambos diseños se basó en unas fotografías que ellos le habían proporcionado. Fue él mismo, añadió Samuel a manera de coda, el que había elegido ese tipo de brazalete de tela blanca y estrella amarilla, para así honrar a los niños del gueto y campo de concentración en Terezín, cerca de Praga, llamado Theresienstadt (y yo de inmediato me imaginé uno alrededor del bracito izquierdo del hijo de tres años de Bedřich Fritta, uno de los ya célebres pintores de Theresienstadt, quien le había hecho y obsequiado a su hijo Tommy un libro de dibujos titulado *Para Tommy, en su tercer cumpleaños en Terezín, 22 de enero de 1944*: un libro único y hermoso que Fritta logró salvar al enterrarlo en alguna parte secreta del campo, junto con otras tintas y acuarelas clandestinas, la noche antes de ser juzgado por Adolf Eichmann, y declarado culpable de haber sacado de contrabando sus ilustraciones prohibidas y macabras de los prisioneros, y enviado en un tren a Auschwitz, donde murió; su hijo y algunas de sus obras, sin embargo, sobrevivieron).

Le pregunté por la serpiente roja en el bolsillo de su impermeable y le conté de la tarántula imaginaria y sigilosa que creí ver caminando en su antebrazo izquierdo y él apenas reaccionó.

Le pregunté por la música del cuarteto de cuerdas en la madrugada y él me dijo que no había sido un cuarteto de cuerdas sino un trío de Shostakóvich para violín, violonchelo y piano, cuyo cuarto movimiento, titulado «Baile de la muerte», había sido escrito por el compositor ruso al final de la guerra, usando escalas y melodías tradicionales judías, conmovido ante la noticia de que los soldados nazis forzaban a los judíos a bailar junto a sus tumbas un último baile, un baile de la muerte, antes de matarlos.

Le pregunté por los demás instructores y él me dijo que de aquella experiencia había logrado reclutar unos cuantos buenos miembros y soldados. No dijo —ni le hizo falta decirlo— que miembros y soldados de Bitajón. Y yo rápidamente tracé las líneas entre dos o tres puntos mentales y supe con certeza que uno de esos buenos miembros y soldados había sido Regina.

Le pregunté por la instructora muy joven y muy rubia que, tras discutirle o reclamarle algo, se había quitado el brazalete y el uniforme negro y encerrado a sí misma en una celda de cal, y él me dijo, sucinto, ominoso, que luego se había encargado tanto de ella como de los demás disidentes.

Le pregunté por las celdas de cal y Samuel me dijo sin titubear que los barrotes para un prisionero judío suelen estar más en su mente que delante de él.

Le pregunté por el lenguaje bélico y antisemita que habían empleado con los niños más pequeños y Samuel me contó la historia del pogromo de Kishiniov, sucedido durante tres días de abril de 1903, en el cual cuarenta y nueve judíos fueron masacrados (cuarenta y nueve cadáveres alineados boca arriba en una de las calles del barrio judío, esperando sepelio, envueltos ya en sus cuarenta y nueve mantos de oración) y centenares de niños judíos fueron vapuleados y centenares de mujeres judías fueron violadas por una turba de rusos que creían, gracias a las mentiras de dos periódicos antisemitas, que los judíos de Kishiniov habían sacrificado a un niño cristiano y usado su sangre en la elaboración de matzá para los días de Pésaj. Samuel, entonces, tras entonar en hebreo la primera pregunta del séder de Pésaj (¿por qué esta noche es diferente de todas las otras noches?), me dijo con gravedad que los niños judíos deben aprender lo antes posible a defenderse de ataques físicos y agresiones verbales. Deben aprender lo antes posible, añadió, que todos los demás son antisemitas, que el mundo entero gira en torno a ese odio tan antiguo.

Le pregunté por la máquina de tatuar y por la botella de tinta y él primero me dijo que las habían puesto en una mesa enfrente de todos nosotros por puro efecto (al igual que la Luger en su costado). Pero luego extendió la mano izquierda mientras con la derecha se subía la manga de su chaqueta de cuero falso y me mostraba un tatuaje verde y pequeño y ya algo borroso en su antebrazo, al lado de la pulsera de oro. Me lo hice a mí mismo con aquella misma maquinita, dijo. Era, dijo, el número de mi abuela.

Los dos hombres estaban vestidos con uniformes militares, pero uniformes militares que desentonaban. No eran iguales. Ni tampoco el verde camuflaje de los pantalones era el mismo verde de las camisolas ni el verde de las gorras. Daba la impresión de que cada una de las prendas que llevaban puestas había sido prestada o robada a diferentes soldados, a diferentes ejércitos. Sus botas, negras y gastadas, también eran distintas. Ambos tenían residuos pálidos de lo que parecía ser pintura verde en el rostro, como si la pintura verde se hubiese ido lavando poco a poco con la lluvia y el sudor. Ambos tenían una vieja cantimplora de aluminio enganchada al cinturón y un rifle colgado en el hombro. Ambos llevaban un machete en una mano, que seguramente venían utilizando para abrirse el camino entre la maleza, y una piocha enorme y rústica en la otra, que ya habían usado o que pronto usarían para enterrar algo o para enterrar a alguien. Ambos eran indígenas, aunque uno mucho más moreno que el otro.

Me senté y enderecé lo más rápido que pude mientras me secaba las lágrimas con la manga de la camiseta blanca.

Qué hace por aquí, me preguntó el más moreno en un español chapuceado y con acento maya. Yo, sentado en el suelo, no lograba decirle nada. Intenté ponerme de pie.

Sentadito ahí nomás, me dijo el otro hombre con la serenidad de alguien que está acostumbrado a que sigan sus órdenes. Su voz me sonó como la voz de un niño. Una voz aflautada. Una voz demasiado alta y aguda para su figura tan masculina. Pensé que era el mayor de los dos, y el más responsable. Lo vi dar un paso hacia delante y dejar caer la piocha a mi lado y, usando el machete como bastón, se acuclilló muy cerca de mí. Tenía el rostro lleno de polvo y mugre y pequeños pelos negros y llevaba vendada la mano con algo verde oscuro que pudo haber sido una hoja de plátano.

Mudo el joven, dijo el hombre moreno, aún de pie, y lanzó su piocha a la tierra junto a la otra.

Tal vez alguien le tajó la lengua de un machetazo, dijo el que estaba acuclillado mientras hacía cortes en el aire con su machete. Los dos hombres se rieron y a mí se me ocurrió abrir la boca para mostrarles que aún tenía lengua, pero por suerte no hice nada.

¿Cuál es su nombre?, me preguntó el más moreno.

Yo estaba a punto de decírselo cuando algo me hizo pensar que no era sensato y entonces le dije el primer nombre que me vino a la mente.

Juan Sandía, susurré.

Así le decíamos al jardinero y chofer de toda la vida de mi abuelo polaco. Se llamaba en realidad Juan Sandino pero mi hermano y yo le decíamos Juan Sandía. Nos fascinaba Juan Sandía: su modo de cecear las palabras, sus dientes de oro, su cabello negro y erizado de puercoespín, su dedo anular derecho. Nos gustaba mirar ese dedo anular derecho sobre la palanca de velocidades y pedirle a Juan Sandía que nos contara la historia —o las historias, pues tenía múltiples versiones— de cómo y dónde había perdido la falange superior. Fue él quien unos días atrás nos había ido a buscar al aeropuerto con mi abuelo y llevado hasta Santa Apolonia, conduciendo tan despacio en la carretera del altiplano que recuerdo observar a unas mariposas blancas entrar por la ventana abierta a mi lado y luego salir por la ventana abierta del lado de mi hermano. Fue él quien me había enseñado cómo patear con comba una pelota de fútbol, cómo quitarle la cáscara a una mandarina en un solo listón, cómo cantar debidamente la lotería (la sirena, cantaba Juan Sandía, corre y va jugando la sirena, la sirenita, su medio cuerpo de damita se divisa en altamar), cómo maniobrar el volante del carro sentado en su regazo, cómo encontrar gallinas ciegas en el lodo y toritos negros y amarillos en el dorso de las hojas y cómo atrapar chicharras de las ramas más altas de un sauce llorón atando una cubeta al extremo de un palo largo. Y también fue él quien, cumpliendo con una antigua tradición maya, había sembrado mi ombligo. O al menos eso me decía. Que unos días después de que yo nací, había entrado a mi dormitorio y encontrado sobre la colchoneta de la cuna el último pedacito de cordón umbilical que acababa de desprenderse de mi ombligo (muxu'x, en kaqchikel). Y que tras ofrecérselo a mi madre —puedo imaginarme a mi madre mirando con extrañeza a Juan Sandía y diciéndole que los judíos entierran el prepucio, no el ombligo—, se lo había llevado a su pueblo en una bolsita de plástico y había esperado hasta la siguiente luna llena y esa misma noche había dejado mi ombligo bien enterrado en su parcela de milpa, a la orilla de un río. Y que ahí, entonces, me decía Juan Sandía, en la ribera lodosa de no sé qué río de no sé qué pueblo guatemalteco, entre tallos de maíz y matas de frijol y junto a los ombligos de sus ancestros y de sus hijos y de sus nietos, quedaron sembradas para siempre mis raíces.

❖

Dice el joven que se llama Juan Sandía, balbuceó el más moreno, burlón. ¿Y anda escapado usted, Juan Sandía?, me preguntó y yo le dije que sí con un movimiento de la cabeza y él ya no preguntó más. Pero ese nombre, pronunciado con su acento maya, voló unos segundos a mi alrededor como un zancudo en el bosque.

Yo sentía la boca seca, la garganta casi cerrada, mi pecho a punto de estallar. Me temblaba un poco la mano derecha, no sabía si por los nervios o si por la picadura en el pulgar que sólo había empeorado. El dedo era ahora una masa rojiza y deforme. Cerca de la uña había una ampolla blanca llena de pus.

El hombre mayor destrabó su cantimplora y le sacó el tapón de corcho y bebió un trago corto y rápido y, limpiándose la boca con la manga de su camisola verde, hizo un puchero como si lo que acababa de beber fuese demasiado agrio.

¿Tienen agua?, le dije en un murmullo.

¿Qué?

¿Que si tienen agua?

Eso no hay, dijo y escupió a la tierra una baba larga y blancuzca. Nomás hay agua bendita.

Ahora sus palabras olían a desinfectante.

Aún acuclillado, él me sonrió con desafío y me extendió la cantimplora que también olía a desinfectante. Pero yo sólo sacudí la cabeza y me quedé mirando cómo le colocaba de vuelta el corcho y la colgaba en su cinturón militar, mientras escuchaba a los dos hombres hablar entre ellos en un español trufado de palabras para mí incomprensibles, acaso palabras de indígenas o palabras de soldados.

¿Ustedes son soldados?, me atreví a preguntarles, pero mi voz apenas sonó en el bosque. Aunque también cabía la posibilidad de que mi voz no hubiera sonado en el bosque. Tal vez yo sólo hablé para mí mismo, en mi mente. Eran soldados. Pero no estaba seguro si militares o guerrilleros.

El hombre mayor había colocado su machete sobre la tierra y tenía ahora en la mano un pequeño estuche de cuero castaño y raído que había sacado de la bolsa de su camisola. Abrió el estuche y metió los dedos y extrajo una tuza de elote ya seca que colocó extendida en la palma de su otra mano. Volvió a meter los dedos en el estuche y sacó unas hebras oscuras de tabaco (o lo que me pareció tabaco) y lio un cigarrillo y lo lamió para sellarlo y se lo lanzó hacia arriba a su compañero. Después lio un segundo cigarrillo para sí mismo y lo prensó con los labios mientras cerraba el estuche de cuero y lo volvía a guardar en la bolsa de su camisola. Los dos hombres le dieron fuego a su cigarrillo de tuza con un mismo mechero viejo y oxidado.

¿Es usted americano, Juan Sandía?, me preguntó el hombre aún en cuclillas, recogiendo su machete del suelo y soplándome en el rostro una bocanada de humo aromático y azulado, y yo sacudí la cabeza y le dije que no, que guatemalteco.

¿Carga papeles?, seguí sacudiendo la cabeza.

¿Armas?, seguí sacudiendo la cabeza.

¿Dinero?, seguí sacudiendo la cabeza.

¿Y es usted uno de los malos?, seguí sacudiendo la cabeza, aunque no entendí quiénes eran los buenos y quiénes los malos.

Él aún tenía el cigarrillo prensado entre los labios y estaba ahora apuntándome con el rifle que sujetaba en su mano envuelta en la hoja de plátano, su índice siempre sobre el gatillo, mientras con la otra mano sostenía el machete y usaba la punta afilada para registrarme los costados, la cintura, la espalda.

¿Anda usted solito, Juan Sandía?

No supe si decirle la verdad y entonces sólo me quedé quieto, en silencio. Noté que del cuello le colgaba un extraño amuleto negruzco que parecía un higo deshidratado. Después noté que la punta del machete estaba llena de pequeñas manchas oscuras que primero pensé eran de arcilla, luego de moho, y luego, ya mirándolas mejor, de sangre seca.

Pues tenga cuidado, me dijo registrándome las piernas con el machete. Puede haber alguna quitapié por aquí.

No sé qué es eso, murmuré.

¿Qué, quitapié?, mientras me seguía revisando las piernas, y yo le dije que sí con la cabeza. No se preocupe usted, Juan Sandía. Pero mire bien dónde pone los pies cuando camina.

El hombre entonces agrandó un poco los ojos e hizo el sonido de una bomba y el otro hombre colocó la punta de su rifle en el suelo y fingió estar cojeando y ambos hombres empezaron a reírse y yo no estaba seguro de si también debía reírme con ellos.

Además, dijo ya serio, dizque vive un tigre en esta parte del bosque.

Yo sabía que no había tigres en las montañas del altiplano, pero también sabía que esa es la palabra que usan los indígenas para nombrar al jaguar. Primero alcé la cabeza y después alcé un poco la mirada y logré imaginarme perfectamente a un jaguar escondido entre el denso follaje, acechándonos, observándonos desde lejos con sus grandes ojos amarillo limón. Y yo seguía con la mirada perdida entre la frondosidad de hojas y ramas, buscando ahí el patrón de rosetas de un improbable felino, cuando de pronto sentí la punta del machete entre mis muslos, hurgando y subiendo y casi acariciando el espacio entre mis muslos, y cerré las piernas con tosquedad.

El hombre me sonreía negro y rancio.

¿Y esto qué es?, me preguntó, ahora señalando y raspando con el machete la estrella amarilla en mi brazo izquierdo. Yo abrí la boca, pero no supe qué responderle. ¿Qué putas es esto?, me gritó, alzando su rifle para encañonarme y rascando más fuerte con el machete y yo por fin le susurré que era sólo parte de un disfraz.

Jude, leyó con su voz indígena e infantil, y la palabra, en su boca, no significó nada.

El hombre más moreno estaba caminando despacio alrededor de nosotros. El cigarrillo de tuza entre los labios. El índice sobre el gatillo. La mirada fija sobre mí. Aunque el hombre también parecía atento a cualquier ruido u olor en el aire, como empeñado en descifrar el aire, por si acaso, sospeché, algo o alguien los venía persiguiendo. De vez en cuando, él levantaba la cabeza hacia el cielo y emitía un silbido corto y melódico, pero no entendí si imitando el sonido de un animal —el trino de un ave o el zumbido de un roedor— para atraerlo y cazarlo, si comunicándose con algunos de sus compañeros escondidos cerca en el bosque, o si simplemente estaba delirando o sufriendo un episodio psicótico (la locura, en aquellos años, no era anormal). De repente el hombre paró de silbar y paró de caminar y se detuvo en medio de un círculo de tierra negra y seca. Inclinándose hacia abajo, se puso a escarbar en la tierra con la punta de su machete hasta abrir un pequeño agujero. Luego se llevó dos dedos a la boca y, tras dar una larga calada, cogió el cigarrillo de entre sus labios y lo insertó en el agujero, verticalmente, como si estuviera sembrándolo en la tierra negra, como si fuese un absurdo retoño en miniatura de tuza y hebras de tabaco. Y así lo dejó, bien erguido y con las brasas apenas encendidas en alto y soltando unas últimas y livianas espirales de humo blanco. El hombre entonces se enderezó con un gruñido y dio uno o dos pasos hacia atrás. Sin soltar el machete, y mirándome de frente, se bajó un poco los pantalones con la otra mano y se sacó un pene flácido y oscuro y orinó sobre el cigarrillo de tuza hasta extinguirlo. En la tierra negra quedó un charco ambarino.

Estoy perdido.

Se los dije con una voz quebrada y vencida y tuve que hacer un esfuerzo por contener las ganas de echarme a llorar.

Tenía náusea. Sentía a la vez mucho calor y mucho frío. Mi mano derecha temblaba ahora más fuerte e incontrolable y se me ocurrió sentarme sobre ella pese al dolor, para así ocultar o por lo menos disimular el pánico que empezaba a apoderarse de todo mi cuerpo. Aún percibía la punta del machete en mi brazo, arañando mi brazo, puyando mi brazo a la altura del corazón, cuando de pronto sentí que la banda de tela blanca se aflojó alrededor de la manga de mi camiseta, y la estrella amarilla cayó sin ruido sobre la tierra.

Aún en cuclillas, el hombre mordió el cigarrillo con sólo los labios y estiró su mano de plátano para recoger la estrella amarilla y, con el rostro todo ahumado y mugriento, se la metió en la bolsa de su pantalón verde mierda.

La madame emperifollada de la mesa vecina aplaudió una sola vez con sus toscas manos varoniles y emitió un ruidito como de triunfo y yo pensé que le había aplaudido a Samuel y a ese número pequeño y borroso que él llevaba tatuado en el antebrazo. Luego comprendí que aparentemente ella estaba contenta con su futuro.

¿Por qué?, le pregunté a Samuel, sintiendo el picor del ron en la garganta. Pero supe, por la impavidez en su rostro, que fue como no haberle preguntado nada. ¿Por qué recrear un campo de concentración para niños?, insistí. ¿Por qué obligar a niños a sentir ese sufrimiento y ese miedo, a vivir esa pesadilla?

Samuel ahora me miraba con tirria.

Tú nunca lo entendiste, susurró.

No, le dije, nunca lo entendí. Y sigo sin entenderlo. Pero para eso me llamaste por teléfono después de tantos años y me trajiste hasta acá, ¿no?, para finalmente explicármelo.

Samuel sonreía impaciente, como si llevase décadas esperando ese momento.

¿Tú conoces la historia de Janusz Korczak y sus huérfanos?, me preguntó, y yo le dije que algo sabía, sí, aunque muy poco. Samuel entonces tomó un trago largo de ron y se lamió los labios para no malgastar una sola gota y estaba a punto de empezar a contarme la historia de Korczak y sus huérfanos cuando una tailandesa con mucho pintalabios y aspecto de adolescente salió por la cortina de abalorios y se acercó a nuestra mesa y, mientras encendía la vela blanca con un mechero de plástico, le dijo a Samuel unas palabras en alemán que a mí me sonaron a palabras lascivas. Pero Samuel, con expresión ausente y la mano moviéndose ahora demasiado cerca del fuego de la vela, ni siquiera se volteó a verla.

En la pared color chicle a nuestro lado ladraba la sombra de un perro.

※

Estábamos compartiendo un cigarrillo a escondidas con mi madre.

Fumadora desde muy niña —antes de cumplir trece, me dijo alguna vez—, ella había dejado de fumar años atrás debido a un cáncer de mama. O más bien, debido a ese cáncer de mama, ella había dejado de fumar durante un tiempo. O más bien ella había dejado de fumar durante un tiempo sólo en público, porque todavía fumaba en privado, a escondidas. Aunque nos decía que ya no fumaba, todos sabíamos que lo seguía haciendo en secreto, disimuladamente, de la misma manera y con la misma emoción, se me ocurre ahora, que aquella niña de trece años. Fumaba deprisa encerrada en el baño. Fumaba en la oscuridad del sótano de su edificio. Fumaba en el carro. Se inventaba citas y quehaceres para poder salir un rato de casa y estar sola y fumar. Mantenía siempre una botellita de perfume al alcance, metida en el bolsón o en la guantera de su carro, aunque en vano, claro está, pues el olor que deja el humo de los cigarrillos en la ropa y en el pelo es tan poco disimulable como la tos. Pero nadie le decía nada. Mi madre fingía que ya no fumaba, y nosotros fingíamos creerle.

Hasta que al final de una tarde despejada y fría de diciembre, con el celaje en llamas típico de esa época del año en Guatemala, la encontré fumando y también llorando afuera en la calle, en la acera enfrente de su edificio. O quizás ya no llorando pero sí con las trazas del llanto visibles aún en su rostro demacrado, en su mirada acuosa y perdida, en su postura de derrota. Estaba ella parada con los hombros caídos y los brazos cruzados, sosteniendo el cigarrillo en alto en una mano y un grueso cenicero de vidrio en la otra, inútilmente, puesto que el cenicero seguía limpio y alrededor de sus pies había ya algunas hojuelas de ceniza y una o dos colillas aplastadas. Algo significativo había pasado para que mi madre se atreviera a salir de su escondite y fumar en público, ahí, en plena calle; algún pleito con mi padre o con uno de sus hermanos, supuse. Pero no quise preguntar. Sólo extendí la mano y le pedí el cigarrillo y mi madre sonrió con la picardía de una niña pillada y me lo entregó y nos quedamos hablando hasta que las llamas habían desaparecido del cielo y nosotros nos habíamos terminado el único cigarrillo que alguna vez compartí con mi madre.

Janusz Korczak era el nombre de pluma del doctor polaco Henryk Goldszmit, un gran educador y pedagogo y activista social y también un escritor, al igual que tú, me dijo Samuel con tono de insulto, como si para él ser un escritor fuese un impedimento o una debilidad. Y además, dijo, era el fundador y director del orfanato judío en Varsovia llamado Dom Sierot, donde el 5 de agosto de 1942, a las ocho de la mañana, llegaron unos soldados alemanes para transportar a todos los niños al campo de exterminio de Treblinka. Algunos testimonios dicen que fueron ciento noventa y dos niños, otros que ciento noventa y seis, otros que doscientos. En cualquier caso, suspiró Samuel, unos días antes, la asociación secreta de la resistencia polaca, llamada Żegota, había vuelto a ofrecer asilo a Korczak, quien de nuevo lo había rechazado. Que no podía abandonar a sus niños, les respondió, que uno no abandona a un niño enfermo en la noche, que uno no abandona a los niños en tiempos como aquellos.

Samuel hablaba mirando a los dos alemanes con saco y corbata. Parpadeaba lento, como si le dolieran los ojos.

Korczak entonces les dijo a los casi doscientos huérfanos que dejaran su desayuno a medias y se fueran a vestir deprisa con su mejor ropa y que metieran un libro en su mochila azul o se llevaran en las manos un peluche o uno de sus juguetes favoritos. Irían juntos al bosque, les dijo para calmarlos, donde habría flores y muchos arándanos salvajes y arroyos de agua fresca donde bañarse. Una hora después, en estrictas líneas de cuatro y custodiados por soldados de las SS que no paraban de gritarles y de amenazarlos con ametralladoras y látigos, todos los niños salieron del orfanato y, cantando canciones en polaco, caminaron por las calles oscuras e infectas del gueto de Varsovia con sus mochilitas azules y sus juguetes favoritos y con Korzcak siempre al frente, él también cantando y marchando con la manita de un niño en cada una de sus manos, hasta que por fin la larga procesión llegó a Umschlagplatz, donde todos se subieron a dos vagones de ganado del tren que los llevaría a las cámaras de gas y a la muerte. Korzcak murió en Treblinka esa misma noche, con sus niños. No los abandonó.

Samuel, aún mirando a los dos alemanes, hizo una pausa demasiado larga y densa como para dejar esa imagen proyectada en blanco y negro sobre la pared color rosa que teníamos a nuestro lado y así cerciorarse de mostrárnosla a todos, a mí y a los dos alemanes y a la madame con buena fortuna y también a las meseras o posibles prostitutas tailandesas, y entonces me volví hacia la pared y me puse a contemplar la escena granulada y fuera de foco de los niños que caminaban por las calles destruidas del gueto de Varsovia sosteniendo en sus manos un juguete, cualquier juguete, su único y último juguete antes de morir asfixiados en las cámaras de gas, y seguía yo contemplando esos doscientos rostros grises cuando de pronto descubrí alarmado que ahí, en medio de la pared color rosa, entre los demás niños y con una mochila a la espalda y su último juguete en las manos, también caminaba mi hijo.

Fue un héroe, Korczak.

Samuel tenía ahora la mirada fija sobre mí y yo sentí que me estaba mirando por primera vez.

Su historia ha sido contada en libros y óperas y obras de teatro, dijo. Hay monumentos y estatuas de Korczak y sus niños en Treblinka, en Varsovia, en Hannover, en Jerusalén. Hay una película basada en su biografía, hecha por el director polaco Andrzej Wajda (película que, como me enteraría mientras compartíamos un cigarrillo durante una tarde despejada y en llamas, había hecho llorar a mi madre). Hay una calle que lleva su nombre en Kiev. Hasta hay un asteroide que unos astrónomos de Crimea nombraron en su honor, el 2163 Korczak. Pero contéstame una cosa, Eduardo, dijo Samuel acercándose a mí, y yo fugazmente pensé que no quería ni escuchar su pregunta, que sería mejor distanciarme de él y del bar y de la noche y de todo lo demás. ¿Eres tú tan ingenuo como para creer que los niños judíos de hoy pueden sentir y entender lo que sintieron aquellos doscientos huérfanos judíos caminando por un gueto y subiéndose a un tren y siendo asesinados cuan perros callejeros en una cámara de gas, si simplemente leen su historia?

Permanecí callado, con una mano aferrada al vaso de ron y la otra sosteniendo y cuidando mi vientre (temeroso, supongo, de que la disputa o la congoja me provocara más hernias y más pelotas de pimpón).

Sentí ganas de hacerle preguntas a Samuel. Preguntarle si él por su parte era tan ingenuo como para pensar que un educador del nivel de Korczak aprobaría sus métodos de enseñanza. Preguntarle si recrear un campo de concentración para niños judíos no era una especie de pedagogía negra o pedagogía venenosa. Preguntarle, en fin, si de verdad pensaba que se podía entender la historia únicamente con ponerse un disfraz y aprenderse un guion y desempeñar el papel de uno de sus actores. Pero no le pregunté nada, y sólo me quedé mirando a dos tailandesas que habían salido por la cortina de abalorios. Parecían gemelas. Ambas tenían el pelo muy corto y estaban vestidas con blusas negras y tacones altos y leotardos de cebra. Bailaban frente a la cortina de abalorios, despacio, medio abrazadas.

Samuel, después de empinarse el vaso como si ese último trago no fuera de ron sino de gasolina, me escupió con fuego:

El dolor no se siente si sólo lees sobre él en uno de tus libros, y golpeó la mesa con la palma, y yo me imaginé un juez y su mazo dictaminando una sentencia.

Ya, le dije con desenfreno (pero desenfreno, se sabe, no es sinónimo de valentía). Aunque sigo sin comprender, Samuel, por qué los niños necesitan sentir ese dolor y ese miedo. Por qué necesitábamos nosotros sentirlo.

Él guardó silencio unos segundos, quizás buscando las palabras de su respuesta o quizás buscando darles más espacio y más brillo a esas palabras.

Porque los niños deben conocer el dolor de sus padres, dijo. Porque los nietos deben conocer el dolor de sus abuelos. Porque esos hijos de puta, dijo mirando y casi gritándoles a los dos alemanes que se tomaban su sopa de camarones y leche de coco, nos mataron a seis millones.

Solté un suspiro ligero, casi imperceptible, y Samuel de inmediato, en señal de hastío o de despedida, y refunfuñando algunas frases injuriosas posiblemente en hebreo, lanzó unos billetes sobre la mesa. Y yo entonces también saqué unos billetes de mi cartera y también los lancé sobre la mesa.

Ya está pagado, me ordenó, ahuyentando una mosca ilusoria con la mano para que yo retirara mi dinero. Pero no le hice caso y dejé mis billetes ahí, encima de los suyos.

Ambos nos quedamos callados unos minutos, como una forma de tregua, o como incapaces de decir algo más pero también incapaces de levantarnos y marcharnos y volver a salir a la tormenta de nieve y dejarlo todo así, con unos cuantos billetes arrugados y sucios esparcidos sobre la mesa de un probable burdel tailandés.

¿Y qué te pasó, Eduardo, en el bosque?

Desaparecieron entre los árboles de la misma manera en la que habían aparecido, como si no fuesen dos hombres sino dos fantasmas o dos sombras o dos espíritus del bosque.

Yo aún estuve sentado sobre mi mano durante un tiempo, en el mismo sitio, en la misma postura, absolutamente paralizado, con el terror aún palpable, nervioso de que cualquier movimiento mío los invocara de nuevo y los trajera de vuelta. Sabía que había sucedido algo importante, aunque a la vez sabía que en realidad no había sucedido nada importante. Gradualmente dejé de escuchar el sonido de sus murmullos y de las hojas secas aplastadas bajo el peso de botas y de los machetazos rompiendo los matorrales del camino, y en silencio, todavía sentado sobre mi mano, me atreví a inclinarme hacia delante y vomité sobre la tierra lo poco que aún tenía en el estómago.

❊

Pero también se habían despejado mis pensamientos.
No era que ya no sintiese el cansancio y el hambre y
la sed y el dolor en la mano derecha y el terror de
estar solo en medio de una montaña que muy pronto
oscurecería; sino que todo eso fue soterrado por un
golpe de algo, acaso de energía nerviosa o de adrena-
lina por el encuentro con dos soldados o dos guerrilleros o dos espíritus del bosque. No lo sé. Lo único
que de súbito noté era que mi mente estaba tranquila
o al menos ya no tan alterada. Me sentía más despierto, más concentrado. Había recuperado un poco
de sosiego. Podía, de nuevo, pensar con claridad.
Todo a mi alrededor parecía ahora inmerso en un
color encendido, brillante, entre lila y rosáceo. Y entonces, sentado todavía en el mismo sitio, al lado del
encino en forma de horquilla, recordé dos consejos
que nos había dado Samuel durante la jornada de
sobrevivencia en la pradera.

Hablándonos del sol y de las estrellas como brúju-
las, nos había dicho que, si alguna vez nos perdíamos
en el bosque, no siguiésemos caminando, que era
preferible permanecer quietos hasta tener una no-
ción más precisa de dónde estábamos o hacia dónde
dirigirnos. Luego me vino a la mente un segundo
consejo: un corolario del primero. Nos había dicho

Samuel que si eso ocurría, si alguna vez nos perdíamos en el bosque, lo más importante era encontrar señales de civilización, como calles o luces o cables eléctricos o rieles de tren; y que para encontrar esas señales, nos había dicho, lo ideal era subir y ubicarse en el lugar más elevado, ya fuese en la cresta de una montaña o en lo alto de un árbol. Que desde el lugar más elevado, nos había dicho, podríamos verlo todo mejor.

Recuerdo pensar fugazmente que ya no contaba con la suficiente fuerza para subirme a un árbol, y que seguir caminando montaña arriba me parecía incorrecto, hasta ilógico, pues sólo me estaría alejando y cansando aún más. Pero decidí ignorar mi instinto y acatar los consejos de Samuel. Ya no tenía otra opción.

Me puse de pie. Sacudí el polvo y las hojas secas de mis pantalones y empecé a escalar entre los árboles y la maleza, abriéndome paso con las manos, siempre montaña arriba. No había sendero alguno. Ni siquiera había un camino angosto previamente macheteado y transitado. Pero seguí escalando. Y mientras más subía, más tupida se iba tornando la maraña de arbustos y ramas y enredaderas y helechos y lianas largas y sueltas, y también más agotado me sentía. Caminaba ahora con la lentitud y pesadez de alguien que camina por el fondo del mar.

Me detuve un momento a descansar, a recuperar el aliento. Escuché un trueno en la distancia, después otro trueno más fuerte que el primero: un estruendo ronco y largo que pareció surgir desde las profundidades de la montaña misma, como si la montaña me estuviese gruñendo e intentando decir algo. Yo sabía que era improbable que lloviera (no era la época de lluvia), pero también sabía que estaba en una zona sísmica, y cerca de dos o tres volcanes activos. Alcé la mirada hacia el cielo, no sé si buscando nubarrones o las primeras estrellas, y logré ver que muy alto, más allá de las tantas ramas y las copas de los árboles, y justo encima de donde yo estaba parado, volaba en círculos un zopilote negro. Me quedé mirando su planeo fácil, sin esfuerzo alguno, y creí oír el silbido del viento que pasaba por el plumaje oscuro de sus alas. Se me ocurrió entonces que el zopilote me estaba acechando a mí, que yo era la carroña, que el zopilote olfateaba en el aire el olor de mi pulgar infectado y putrefacto y también el olor de mi muerte y sólo esperaba a que yo cayera sobre la tierra para descender del cielo. Pero me libré lo más rápido que pude de ese pensamiento y seguí caminando hacia arriba. Quizás ahora más resuelto, con más ímpetu, aunque ya exhausto y jadeando y con mis manos sucias y raspadas y todo yo embarrado de fango y sudor. Hasta que finalmente, después de un trayecto empinado que sentí no terminaría nunca, el bosque se abrió un poco delante de mí.

Había llegado a una parcela que alguna vez fue de siembra pero que actualmente se encontraba abandonada, y desde cuya esquina superior podría mirar hacia abajo.

Descansé unos instantes, dejando que mis ojos se adaptaran a la luz desabrida del crepúsculo. Una sombra azul había cubierto de pronto la montaña. Alto en el cielo, como un pincelazo negro en el tapiz color índigo que ahora era el cielo, seguía volando el zopilote.

Estaba anocheciendo. Había ya un poco de niebla y de bruma y al principio no logré ver nada. Ni calles ni luces ni cables eléctricos ni rieles de tren. Pero de pronto, a lo lejos, saliendo del follaje y apenas visible o aun reconocible, distinguí una ligera nube de humo denso y grisáceo.

No era ni siquiera una aldea.

Había sólo dos chozas pequeñas y cuadradas, una al lado de la otra, ambas construidas improvisadamente con adobe y tablones de madera y unas cuantas láminas de aluminio corrugado en el techo. Milpa crecía salvaje en un costado, cerca de un árbol alto, frondoso, con su enramada verde salpicada de flores de un intenso rojo granate o rojo bermellón. Enfrente, en una especie de patio de tierra árida, unas gallinas picoteaban el suelo alrededor de un perro negro y sin raza que dormía en un último charco de luz. Atado al tronco de un peral con un viejo y descosido lazo de ganadero, había un caballo pardo que era más huesos que caballo. Cabizbajo, masticaba algo en el suelo, tal vez un brote de pasto o una pera medio podrida. Por la puerta abierta de una de las chozas salía una humarada densa y grisácea. Alguien adentro aplaudía.

Me acerqué despacio, cauteloso, pero el perro de inmediato percibió mi olor en el viento y alzó la cabeza. Comenzó a ladrar.

Salió por la puerta una anciana bajita y morena y de pelo plateado. Estaba descalza y llevaba puesto un huipil color crema con bordado naranja y celeste y un tocoyal púrpura en la cabeza. Encima de ella, como una sucesión de campanas, colgaban las enormes flores blancas de una mata de florifundia. En una mano sostenía una tortilla aún cruda.

Qué desea, niño.

Yo tenía la boca seca. No lograba decir nada. Tardé en notar que otra vez estaba llorando.

¿Niño?, repitió ella, acercándose un poco más.

El perro se levantó de un brinco y empezó a correr

en mi dirección, pero la anciana le gritó algo que no entendí y el perro dejó de ladrar y volvió a tumbarse en el mismo lugar.

La anciana se quedó callada, como dándome espacio. En sus ojos negros no había juicio alguno.

Y yo entonces aspiré una larga bocanada del sereno dulce de la noche y, limpiándome con una manga la suciedad y las lágrimas del rostro, logré balbucearle que estaba perdido.

La casa era una sola habitación, un solo ambiente, inexactamente cuadrado. Había un camastro pequeño y deshecho en una esquina y una hamaca de hilo de cáñamo colgada en otra. La única fuente de luz era una antigua y corroída lámpara de queroseno colocada en el centro de una mesa de pinabete. Del techo pendían racimos de chiles negros y racimos de chiles colorados y también racimos de mazorcas de maíz blanco. En el suelo terroso, alrededor de mis pies y por debajo del camastro y de la mesa, brincaban unos cuantos conejos grises, lerdos, posiblemente domesticados. Una virgen dorada y triste rezaba en un calendario clavado en la parte superior de una de las paredes de adobe y tablones de madera. Tumbado en el umbral de la puerta que se mantenía abierta, el perro negro esperaba ansioso en la noche aun más negra, tragándose sin masticar cada mendrugo de masa de tortilla que la anciana le lanzaba. A un costado de la puerta, sobre una mesa baja que más parecía un peldaño, había una sola vela encendida y pétalos anaranjados de la flor de los muertos y también una foto en tono sepia de un adolescente con aire circunspecto y una boina color burdeos y vestido de soldado. Del marco de la foto colgaba un rosario.

Yo estaba adentro de la casa, sentado en un banquito, tomando agua fresca de canela y azúcar en un tazón de peltre azul y comiendo tortillas tibias con sal gruesa. Mi llanto, aunque silencioso, era constante e incontrolable, como si mis ojos necesitaran vaciarse ahí mismo de todas sus lágrimas. Tenía sobre los hombros un poncho de pelusa de oveja y la mano derecha ya embadurnada con un viscoso ungüento de cenizas y salvia. A mi lado crujían los leños de ocote.

La anciana estaba de pie ante mí. Me seguía limpiando las lágrimas del rostro con una áspera mano de abuela y envolviendo el cuerpo con el humo de un incensario de barro que mecía en la otra, mientras me susurraba palabras en su lengua maya. Acaso una plegaria. Acaso nada.

Pronto llegaría el esposo de la anciana y entre los dos me subirían al caballo para llevarme a un puesto de bomberos en San Martín Jilotepeque, el pueblo más cercano. Y no sería sino hasta mucho después que yo caería en la cuenta de que no supe su nombre. La anciana nunca me lo dijo y yo nunca se lo pregunté. Pero sentado y aún llorando en silencio ante ella, junto al calor de un comal ya teñido de blanco, yo sabía que lo que me estaba devolviendo poco a poco a la vida no eran las caricias de su mano áspera y con aroma a maíz y carbón, ni las humaradas de eucalipto sobre mi cuerpo, ni el ungüento negro de cenizas y salvia, ni tampoco las tortillas saladas y el agua fresca de canela y azúcar, sino esas palabras susurradas y extrañas, esas palabras inmemoriales, esas palabras que ahí, dentro de una casa que apenas era una casa, se mezclaban y confundían con el cantar de tantos grillos en la noche.

«Y llevas tu horizonte en el bolsillo, estés donde estés.»
MALCOLM LOWRY